KB137672

헨리 5세

한국셰익스피어학회 작품총서 004

헨리 5세
Henry V

윌리엄 셰익스피어 지음
최경희 옮김

도서출판 동인

발간사

지금까지 셰익스피어 작품에 대한 번역은 끊임없이 다양한 동기에 의해 진행되어 왔다. 초창기 셰익스피어 작품 번역은 일본어 번역을 우리말로 옮기는 작업이었다. 일본이 서구에 대한 수용을 활발한 번역을 통해서 시도하였기 때문에 일본어를 공부한 한국 학자들이 번역을 하는데 용이했던 까닭이었다. 하지만 이 경우는 문학적인 차원에서 서구 문학의 상징적 존재인 셰익스피어를 문학적으로 소개하는 것이 목적이어서 문어체를 바탕으로 문장의 내포된 의미를 부연하게 되어 매우 복잡하고 부자연스러운 번역이 주조를 이루었던 것이 문제가 되었다.

그 다음 세대로서 영어에 능숙한 학자들이나 번역가들이 셰익스피어 번역에 참여하게 되었다. 셰익스피어 작품에 대한 수많은 주(note)를 참조하여 문학적 이해와 해석을 곁들인 번역은 작품의 깊이를 파악하는데 많은 도움이 되었다고 볼 수 있다. 하지만 셰익스피어 작품을 무대에 올리는 배우들에게는 또 다른 문제가 생길 수밖에 없었다. 문학적 해석을 번역에 수용하는 문장은 구어체적인 생동감을 느낄 수 없었고, 호흡이 너무 길어 배우가 대사로 처리하기에 부적합하였다.

이런 문제점을 해결하기 위해서 번역가마다 각자 특별한 효과를 내도록 원서에서 느낄 수 있는 운율적 실험을 실시하기도 하였다. 그런 시도는 셰익스피어 번역에 새로운 분위기를 자아내었을 뿐 아니라 다양한 번역이 이루어져 나름의 의미가 있었다고 본다. 반면에 우리말을 영어식의 운율에 맞추는 식의 인위적 효과를 위해서 실험하는 것은 배우들이 대사 처리하기에 또 다른 부자연성을 느끼게 하였다.

　　한국에서 셰익스피어를 연구하는 학자들이 모이는 한국셰익스피어학회에서 셰익스피어 탄생 450주년을 기념하여 셰익스피어 전작에 대한 새로운 번역을 시도하기로 하였다. 우선 이번 번역은 셰익스피어 원서를 수준 높게 이해하는 학자들이 배우들의 무대 언어에 알맞은 번역을 한다는 점에서 차별성을 두고자 한다. 또한 신세대 학자들이 대거 참여하여 우리말을 현대적 감각에 맞게 구사하여 번역을 하자는 원칙을 정하였다.

　　시대가 바뀔 때마다 독자들의 언어가 달라지고 이에 부응하는 번역이 나와야 한다고 본다. 무대 위의 배우들과 현대 독자들의 언어감각에 맞는 번역이란 두 마리 토끼를 잡는 것은 그리 쉬운 일은 아니지만 매우 의미 있는 일일 것이다. 이번 한국 셰익스피어 학회가 공인하는 셰익스피어 전작 번역이 성공적으로 이루어지도록 뒷받침하는 도서출판 동인의 이성모 사장에게 심심한 감사의 뜻을 전하며 인문학의 부재의 시대에 새로운 인문학의 부활을 이루어내는 계기가 되리라 믿는다.

2014년 3월
한국셰익스피어학회 17대 회장 박정근

옮긴이의 글

　한국에서 셰익스피어의 역사극은 비극이나 희극에 비해 많이 알려져 있지 않고 그중에서도 『헨리 5세』는 그다지 대중적 인기를 누리는 작품이 아니다. 그러나 역자에게 『헨리 5세』는 특별히 애착이 가는 작품이다. 역자는 1980년대 대학원 수업을 통해서 셰익스피어의 역사극을 처음 접하게 되었고, 워낙 역사에 흥미가 많던 터라 『헨리 5세』를 포함한 작가의 역사극에 매력을 느껴 자연스럽게 두 번째 사부작을 박사논문 주제로 정하게 되었다. 논문을 준비할 1990년대 초에는 스티븐 그린블랫의 신역사주의와 조녀선 돌리모어의 문화적 유물론의 이론이 우리나라에 처음 선보이던 시기였고, 역자에게는 이러한 새로운 비평이론과 작품해석 방법이 신선한 충격으로 다가왔다. 특히 이들 비평이론을 적용하여 분석한 몇몇 셰익스피어 작품들 중 『헨리 5세』는 항상 목록에 올라있는 작품이었다. 따라서 역자는 후기사부작을 모두 다루면서도 엘리자베스시대 권력관계의 속성을 핵심적으로 규명한 『헨리 5세』에 특별한 관심을 갖게 되었다.

　역자가 1998년 신역사주의적인 비평의 틀을 이용해 쓴 『헨리 5세』 논문을 발표한지 15년이 지난 2012년 가을 다시 한 번 이 작품을 전쟁드라마의 측면에서 분석한 논문을 발표하였다. 그런데 바로 그 즈음 셰익스피어학회에서 전작번역작업을 기획한다는 소식을 듣고 역자는 별 주저 없이 『헨리 5세』 번역을 신청하였다. 번역을 시작한지 일 년여, 두 번의 방학을 통째로 바쳐 원고를 완성하고 지금 세 번째 방학을 보내고 있다. 번역의 텍스트로는 생략된 부분이 없는 이절판을 사용하였으며, 실제 번역작업에서는 아든 셰익스피어 시리즈 3판과 옥스퍼드 편집본, 케임브리지 편집본의 주석을 두루 참고로 하였다. 번역의 최고 미덕은 정확함에 있다고 여겨왔기에 가능하면 원문과 가깝게 정확한 직역을 하려고 하였다. 이를 위해 운문은 그대로 운문으로, 산문은 산문으로 번역하였지만 아쉽게도 영어의 무운시를 학회에서 권고한 우리말 3·4조의 운문으로 옮기는 것은 역자의 역량을 벗어나는 일이었다. 한편 정확한 직역을 원칙으로 하였지만 공연을 전제로 쓰인 희곡 작품이라는 점을 염두에 두고 인물 상호간 호칭과 경어법을 고려하였고, 되도록 자연스러운 구어체로 옮기려고 노력하였다. 그럼에도 불구하고 군데군데 매끄러운 흐름이 깨어지는 문어체가 보이는 점이 아쉬울 따름이다. 애초에 번역 기획의 방향이 학문적 텍스트라기보다는 공연대본이라는 점을 감안하여 주석은 최소화하였다. 따라서 우리말 번역을 읽을 때 독자의 이해를 돕고 혼동을 피하기 위해 꼭 필요하다고 생각되는 설명만 20여 개 골라 미주로 처리하였다. 보면 볼수록 부족한 구석이 많은 번역이지만 아무쪼록 셰익스피어 탄생 450주년이라는 뜻 깊은 해를 맞아 셰익스피어학회의 번역 기획이 셰익스피어 대중화와 공연 활성화에 기여하기를 바라는 마음이다.

2014년 5월
최경희

| 차례 |

등장인물

코러스

헨리 5세

클라렌스 공작

베드포드 공작   헨리 왕의 동생들

글로스터 공작

엑시터 공작 왕의 숙부

요크 공작

헌팅든 백작

솔즈베리 백작

웨스모얼랜드 백작

워리크 백작

캔터베리 대주교

일리의 주교

리차드 케임브리지 백작

마샴의 헨리 스크루프 경   왕의 목숨을 노린 반역자들

토머스 그레이 경

가우어 대위

플루얼렌 대위

맥모리스 대위   영국군 장교들

제이미 대위

토머스 어핑엄 경

존 베이츠

알렉산더 코오트   영국군 병사들

마이클 윌리엄즈

영국군 전령

바돌프

님   존 폴스타프 경의 동료들

피스톨

넬 이스트취프 선술집의 안주인. 예전의 미스트리스 퀴클리이며 지금은 피스톨의 아내

샤를 6세 프랑스의 왕

이사벨 왕비 프랑스의 왕비

루이 왕세자 왕과 왕비의 아들

캐서린 공주 왕과 왕비의 딸

앨리스 공주의 시녀

샤를르 들라브레 프랑스군의 총사령관

부르봉 공작

브리타니 공작

버건디 공작

오를레앙 공작　　　　　프랑스 귀족들

베리 공작

그랑프레 백작

랑브레 경

하플뢰르의 시장

몽조이 프랑스군의 전령

프랑스 대사들

르 페르 프랑스 병사

프랑스의 사신

시종들, 귀족들, 병사들

하플뢰르의 시민들

프롤로그

코러스 등장

오, 가장 빛나는 창조의 하늘에까지

솟아오르는 영감의 신 뮤즈여,

무대를 위해 왕국을, 연기할 군주들을,

위엄 있는 장면을 바라볼 왕족들을 주소서!

그러면 용감한 해리도 당당한 모습으로   5

군신 마르스의 풍모를 갖추고, 그의 발밑에는

굶주림과 칼과 불이 사냥개처럼 가죽 끈에 매여

웅크리고 있을 것입니다. 그러나 관객 여러분,

이 보잘 것 없는 무대 위에서 둔하고 생기 없는 배우들이

이처럼 위대한 주제를 공연하겠다는 걸 용서하십시오.   10

이 원형의 무대가

프랑스의 거대한 들판을 담을 수 있겠습니까?

우리가 무슨 수로 이 보잘 것 없는 원형의 무대에

아진코트의 하늘을 두려움에 떨게 한 그 투구들을 몰아넣을

 수 있겠습니까?   15

오, 용서하십시오. 영이라는 숫자가

보잘 것 없는 자리에서 백만이 될 수 있기에,

이처럼 큰 수에 비하면 영에 불과한 저희들이

관객 여러분의 상상력에 의존하도록 해 주십시오.

지금 벽으로 둘러싸인 이 공간에

강력한 두 왕국이 갇혀 있다고 생각하십시오.　　　　　　　　20

위험한 좁은 해협이 높게 우뚝 솟은 절벽과

두 나라의 인접한 국경을 갈라놓고 있습니다.

저희들의 부족한 점은 여러분의 상상력으로 보충하십시오.

한 사람이 천 명의 역할을 한다고 생각하십시오.

상상으로 군대를 만들어 주십시오.　　　　　　　　　　　　25

우리가 말 이야기를 할 때면, 여러분이

늠름한 발굽으로 땅위에 서있는 말을 보고 있다고 생각하십시오.

이제 우리의 군주를 치장하고

그들을 여기저기로 다니게 하는 것도, 시간을 뛰어 넘어

오랜 세월동안 쌓인 업적을 모래시계의 한 순간으로 바꾸는 것도　　30

여러분의 상상력에 달려 있습니다.

여러분이 그리 하시는 걸 돕기 위해 코러스가

해설자와 같은 매너로 등장할 것입니다.

부디 관대하게 들어주시고, 너그럽게 연극을 평가해 주시기 바랍
　　니다.

퇴장

1막

1장

캔터베리 대주교와 일리의 주교 등장

캔터베리 주교, 내가 얘기하겠는데, 선왕 재위 11년째 되는 해에
　　　　　우리가 반대하였지만 거의 통과될 뻔 했던
　　　　　그와 똑같은 법안이 의회에 제출되었소.
　　　　　그 당시에는 불화가 있었고 시절이 뒤숭숭해서
　　　　　그 문제를 더 이상 고려할 수 없었소만.　　　　　　　5

일리 그렇지만 이제 어떻게 그것을 막을 수 있을까요? 대주교님.

캔터베리 잘 생각해 봐야 할 문제요. 만약 그 법안이 우리가 반대해도
　　　　　통과된다면
　　　　　우리는 재산의 좋은 쪽 절반을 잃게 되는 거요.
　　　　　신앙심 깊은 사람들이 유언을 통해 교회에 바친
　　　　　속세의 토지를 모두 빼앗긴단 말이요.　　　　　　　10
　　　　　그것의 가치는 다음과 같소. 왕의 명예를 유지하기 위해
　　　　　열다섯 명의 백작과 천오백 명의 기사들과,
　　　　　육천이백 명의 향사들을 부양하고,
　　　　　나병 환자들과 노약자들,
　　　　　육체노동을 할 수 없는 가난한 늙은이들을 구제하기 위해서　15
　　　　　시설이 좋은 양로원을 백 여 개나 세우고,
　　　　　그 밖에도 폐하의 금고에

매년 천 파운드를 바칠 수 있을 만한 액수요.

법안에 그렇게 되어 있소.

일리　다 먹어치우겠다는 거군요. 20

캔터베리　　　　　　　　컵까지 통째로 다 삼키겠다는 거지.

일리　막을 방법은 없을까요?

캔터베리　폐하는 선하고 관대하신 분이요.

일리　성교회를 아끼시는 분이구요.

캔터베리　젊었을 때 같았으면 상상도 못할 일이요. 25

선왕이 승하하시자마자

그 사나운 성품이 길들여져서

죽어버린 듯 했으니까요. 바로 그 순간,

천사와도 같은 살피는 마음이 와서

그 분에게서 사악함을 몰아내고 30

그 분 몸을 천상의 영혼이 깃든

낙원으로 만들어 버렸소.

그렇게 갑자기 학자가 탄생한 적이 없었고,

그렇게 홍수와 같이 사납게 흘러넘쳐

과거의 악덕을 씻어낸 개심은 예전엔 없었소. 35

또한 머리가 여럿 달린 히드라와 같은 고집이

폐하에게서처럼 즉시 자취를 감춘 적도 없었소.

일리　　　　　　　　　　폐하의 성품이 변하셔서 다행이죠.

캔터베리　그 분이 신학을 설명하시는 걸 들으면

감탄하다가 마음속으로 40

폐하가 성직자가 되셨으면 하고 바라게 된다오.
폐하가 국사를 논하시는 걸 들으면
폐하께서 학문에 전념하고 계시다고 생각되지.
전쟁 이야기를 주의 깊게 들어 보면
그 무서운 전쟁도 음악처럼 조화롭게 들린다오.   45
그 분이 어떤 정치적 문제라도 다루시면
아무리 복잡한 문제라도 대님 풀듯 쉽게 풀어버리신다오.
폐하께서 말씀하시면,
제멋대로 부는 미풍도 잠잠해지고,
사람들은 감탄하여 입을 다물고   50
폐하의 꿀처럼 달콤한 말씀에 귀를 기울이게 되지요.
이와 같은 이론과 지식은 분명히
실제적인 경험으로부터 온 것이 분명한데,
어떻게 폐하가 그런 지혜를 얻으셨는지 놀라운 일이요.
예전에 폐하는 어리석은 행동에 빠져 있었고,   55
어울리는 사람들은 무식하고, 천박한 무뢰한들밖에 없었으며,
떠들썩하게 먹고 마시고 장난치는 일로 날을 보내고
공부하시는 모습은 찾아볼 수 없었고,
사람들이 모이는 곳이나 행락지에서 떨어져
혼자 조용하게 계시는 적도 없었단 말이요.   60

일리 딸기는 쐐기풀 아래서도 자라고
좋은 열매는 안 좋은 과일 옆에서도
잘 자라서 익는 법입니다.

마찬가지로 폐하도 방탕함의 베일아래

그 분의 의도를 숨기고 계신 거죠. 그 분의 계획도 분명히 65

여름철의 풀이 밤 사이에 쑥 자라는 것처럼

눈에 안 띄지만 원래 타고난 대로 성장했던 거죠.

캔터베리 분명히 그랬겠지. 기적도 없어졌으니까.

그러니 뭐든지 완성되려면

그럴 만한 이유가 있다는 것을 인정해야 되오. 70

일리 하지만 대주교님,

하원에서 제출한 이 법안이 수정될 가망은 있는 건가요?

폐하께서는 찬성하시는 건가요, 반대하시는 건가요?

캔터베리 폐하께선 어느 편도 들지 않으시는 것 같소.

아니면 우리에게 불리한 법안을 제출한 사람들 편을 들기보단 75

우리 쪽으로 기우시는 것 같소.

내가 주교회의에 즈음해서

폐하께 제안을 했소.

현재 당면한 사안에 대해서도 말씀드렸는데,

프랑스 문제에 관해서는, 80

지금까지 성직자들이 역대 왕에게 헌납한 금액보다

많은 액수의 돈을 폐하께 바치겠다고 알려드렸소.

일리 폐하께선 그 제안을 어떻게 받아들이셨는지요?

캔터베리 폐하께선 기꺼이 받아들이셨소.

다만 시간이 충분하지 못해서 85

내 생각에 폐하께서 듣고 싶어 하시는

몇몇 공작령에 대한 정당한 권리와,

증조부 에드워드로부터 물려받으신

프랑스 왕좌에 대한 권리와 관련된

세부 사항과 주장에 대한 설명을 드리지 못했소. 90

일리 무엇 때문에 방해를 받으셨는데요?

캔터베리 그 때 프랑스의 사신이 알현을 청했소.

내 생각엔 사신의 말씀을 듣고 계실 것 같소.

지금이 네 신가?

일리 예, 그렇습니다. 95

캔터베리 그럼 안으로 들어가 사신의 용무를 알아봅시다.

그 사신이 말하기도 전에 바로 짐작할 수 있지만.

일리 제가 모시겠습니다. 저도 듣고 싶군요.

퇴장

2장

헨리 왕, 글로스터, 베드포드, 클라렌스, 워리크,
웨스모얼랜드, 엑시터 공작과 시종들 등장

헨리 왕 캔터베리 대주교는 어디 계시오?

엑시터 여기는 안 계십니다.

헨리 왕 숙부님, 사람을 보내 불러 주십시오.

시종 한 명 퇴장

웨스모얼랜드 폐하, 프랑스 사신을 불러들일까요?

헨리 왕 아직 아닙니다. 사신의 말을 듣기 전에

짐과 프랑스 왕에 대해 신중하게 고려해야 할   5

중요한 문제를 결정해야 합니다.

캔터베리 대주교와 일리주교 등장

캔터베리 신과 천사들께서 폐하의 신성한 왕좌를 지켜주시고

그 자리에 오래 계시도록 해주소서!

헨리 왕 고맙소.

박식한 대주교여, 프랑스에서 쓰는 살리크 법이,   10

짐이 프랑스의 왕권을 주장하는 것'을 막는지 아닌지를

공정하게 종교적인 입장에서 설명해 주길 바라오.

그리고 독실한 대주교여, 읽은 바를 왜곡시키거나

해석을 비트는 일이 없도록 하시오.

또는 사실을 알면서도   15

거짓으로 꾸며낸 주장이나 진실의 본색과는 다른 권리로

교묘하게 꾸미는 일이 없도록 하시오.

하느님도 아시다시피 지금은 건강한 많은 사람들이

경이 짐에게 선동한 전쟁으로 인해

피를 흘릴 수 있으니까.   20

그러니 짐의 목숨을 담보로 하는 것도

잠든 전쟁의 무기를 깨우는 것도 대주교에게 달려 있으니 조심

　하시오.

신중히 대답할 것을 신의 이름으로 명령하오.

이런 두 왕국이 전쟁을 하면 반드시 많은 피를 흘리게 되오.

그 죄 없는 피 한 방울은 모두 잘못된 행동으로 칼날을 세워   25

짧은 목숨을 그리 낭비하게 만든 사람에 대한

비탄이며 슬픈 원망이 될 것이요.

그러니 대주교, 이 엄숙한 간청을 새기고 말하시오.

짐은 대주교가 하는 말을

세례로 원죄가 씻기듯이   30

양심으로 깨끗해진 것이라고

듣고, 믿고, 가슴속에 새겨둘 것이오.

캔터베리　폐하, 그리고 이 위엄 있는 왕좌에

생명과 충성을 바치고 있는

귀족 여러분들 들어주시기 바랍니다. 35

폐하께서 프랑스 왕위에 대해 요구하시는 걸 반대하는 것은

파라몽 왕[2]으로부터 내려오는 다음과 같은 조항밖에 없습니다.

'살리크 국가에서는 여자가 왕위 계승을 할 수 없다.'

그런데 프랑스인들은 부당하게 살리크 국가를

프랑스의 영토라고 해석하고 있으며, 파라몽 왕은 40

이 법을 만들어 여성의 계승을 금지한 사람이라고 되어 있습니다.

그러나 실제로 이 법을 쓴 학자들은

살리크란 나라가 살라 강과 엘베 강 사이의

독일 영토라고 분명히 주장하고 있습니다.

샤를마뉴 대제가 색슨족을 정복하고 나서 45

그 곳에 약간의 프랑스인을 정착하게 하였는데,

그들이 독일 여자들의 정숙하지 못한

행실을 보고 경멸하여

이 법령을 만든 것입니다. 즉 살리크 나라에서는

여자가 계승자가 될 수 없다고 말입니다. 50

이 살리크 나라는 아뢴 바와 같이 엘베와 살라 강

사이에 있는 땅으로 지금은 마이센이라 불리는 독일 영토입니다.

따라서 이 살리크 법은 프랑스 영토를 위해

만들어진 것이 아니라는 사실은 명백합니다.

또한 프랑스인이 살리크 영토를 소유한 것은 55

파라몽 왕이 죽은 지 421년이 지나서였는데,

근거 없이 이 법을 만들었다고 알려진

파라몽 왕이 죽은 것은

기원후 426년이었고, 샤를마뉴 대왕이

색슨족을 정복하고 프랑스인들을 60

살라 강 건너에 정착시킨 것은

805년이었습니다. 뿐만 아니라, 그 나라의 역사가들은,

쉴데릭 3세를 폐위시킨 뻬삥 왕이

끌로데르 왕의 딸인 블리딜드의 후손이니까

정당한 상속자로서 65

프랑스의 왕위를 요구했다고 합니다.

샤를마뉴 대왕의 적통으로 유일한 남성 계승자인

로렌 공작 샤를르로부터

왕위를 찬탈한 유 까뻬도

자신의 왕위를 정당하게 보이게 하기 위해서 70

사실은 부정하고 사악한 거짓이었지만

자신이 샤를르 2세[3]의 딸인

랭가르 공주의 후손이라고 주장하고 있습니다.

샤를르는 루이 대왕의 아들이고,

루이는 샤를마뉴 대왕의 아들입니다. 75

왕위 찬탈자 까뻬의 유일한 계승자 루이 9세도

프랑스의 왕위를 차지하기는 했으나,

양심의 평화를 지닐 수가 없던 중에

그의 할머니인 이사벨 왕비가,

앞서 말씀드린 로렌 공작 샤를르의 딸   80
에르망가르 공주의 후손이라는 사실에
안심했다 합니다.
그 결혼으로 샤를마뉴대왕의 계보는
프랑스의 왕위와 다시 연결됩니다.
그러니 뻬삥왕의 권리도, 유 까뻬의 주장도,   85
루이왕의 만족도 모두
여자 상속자의 권리와 자격을 인정하고 있음이
여름날의 태양처럼 분명합니다.
그리고 프랑스의 왕들도 오늘날까지 여성 상속자의 권리를 인정
　　하고 있습니다.   90
비록 이 살리크 법을 핑계 삼아
폐하가 모계에 의한 왕위계승권을 요구하는 것을 막으려고 하지만,
폐하와 폐하의 선조로부터 빼앗은 부당한 권리를
충분히 주장하지 못하고 적당히 감추려고 하는 수작입니다.

헨리 왕　나의 요구는 양심에 비추어 정당하단 말이요?   95

캔터베리　만약 잘못이 있다면 그 죄는 신이 받겠습니다, 폐하.
구약의 민수기에 이렇게 씌어 있습니다.
'사람이 죽고 아들이 없거든
딸이 상속을 받아야 할 것이다'. 폐하,
폐하의 권리를 주장하시고   100
용맹한 선조들을 상기하시어 핏빛 깃발을 휘날리소서.
폐하께 왕위를 주신

증조부님 에드워드 3세의 무덤에 참배하시고,

용맹하신 그 분의 영혼과,

종조부[4]이신 흑태자 에드워드께도 가호를 구하십시오. 105

흑태자께서는 프랑스의 대군을 무찌르셔서

큰 비극을 프랑스 땅에서 벌이셨지요.

그동안에 용맹한 부왕 에드워드 3세께서는 언덕 위에서

미소를 지으며, 새끼사자가

프랑스 귀족의 피를 찾아 돌아다니는 모습을 지켜보고 계셨습니다. 110

오 고귀한 영국군이여, 병력의 절반만 가지고

프랑스군 전체와 맞서 싸우고, 다른 절반은

전투에 참여하지 않고 냉정하게

웃으며 바라보고만 있었지요.

일리 용맹한 선조들을 기억하시고, 115

폐하의 강건한 팔로 그 분들의 무훈을 되살리소서.

폐하는 그 분들의 후계자이시며 같은 왕좌에 앉아 계십니다.

그분들의 명성을 드높인 피와 용기가

지금 폐하의 핏줄에도 흐르고 있습니다.

용감무쌍한 폐하께서는 젊음의 황금기에 계십니다. 120

공훈과 대담한 계획을 세우실 준비가 되셨습니다.

엑시터 우방국의 왕들과 전 세계의 왕들도

폐하께서 예전의 사자왕의 혈통을 본받아

분기하시길 기대하고 있습니다.

웨스모얼랜드 그들은 폐하께서 명분과 재산과 군사력을 갖고 계신 줄로 알고 있습니다.   125

그것은 사실입니다. 영국 역대 왕 중에

폐하만큼 부유하고 충성스런 신하들을 가진 분은 없었습니다.

그들의 몸은 영국에 있으나 마음은

프랑스의 전장으로 가서 군막을 치고 있습니다.

캔터베리 오, 폐하, 그들이 피와 칼과 불을 가지고   130

폐하의 권리를 찾기 위해 그들의 육체도 마음을 뒤따르게 하소서.

이를 돕기 위해 저희 성직자들은

예전에 여러 선왕께 바친 적이 없는

많은 액수를 모금하여

폐하께 헌납하겠습니다.   135

헨리 왕 프랑스를 침공할 군비뿐 아니라,

스코틀랜드를 막아내기 위해 필요한 병력을

대비해야 하겠소. 그들은 기회가 있을 때마다

침입해 올 테니까 말이요.

캔터베리 폐하, 국경의 수비대만으로도 충분히   140

도둑질하는 침입자로부터

우리 영토를 지켜낼 겁니다.

헨리 왕 짐은 단지 날치기 도둑들만을 의미하는 것이 아니라,

스코틀랜드의 무력 침공 의도를 염려하는 거요.

그들은 항상 짐에게 믿지 못할 이웃이었소.   145

경도 알다시피 증조부께서

병사를 이끌고 프랑스 원정을 가실 때마다

항상 스코틀랜드는 이 나라의 방비가 허술한 틈을 타서

갈라진 틈으로 조수처럼 밀어닥쳐

막대한 병력으로 방비도 갖추지 못한 이 땅을   150

격렬하게 공격하여 상처를 주고,

성과 마을을 비참하게 포위 공격하였소.

방어 수단도 제대로 없던 영국은

못된 이웃 때문에 공포에 떨었던 것이오.

캔터베리 폐하, 그 때 영국은 피해를 입었다기보다는 위협을 당했을

뿐입니다.   155

예전 역사에서 한 가지 예를 들어 보겠습니다.

귀족들이 모두 프랑스에 출정하여

영국은 모두 슬픔에 잠긴 과부 같은 신세였지만

나라를 잘 지켰을 뿐 아니라,

스코틀랜드 왕을 잡아서   160

길 잃은 짐승처럼 우리에 가두어 프랑스로 압송하여,

이들 포로 왕들로 에드워드왕의 명성은 더욱 높아졌습니다.

그리고 마치 바다 밑 진흙바닥이

침몰한 난파선의 헤아릴 수 없이 많은 보물로 가득 차듯이

우리나라 역사를 찬미로 풍요롭게 하였습니다.   165

웨스모얼랜드 하지만 틀리지 않은 옛말에 이런 것이 있지요.

'프랑스를 정복하려거든

먼저 스코틀랜드를 공략하라.'

왜냐하면 일단 영국이라는 독수리가 먹이를 찾아 나서면,

주인 없는 둥지에 스코틀랜드가 족제비같이 170

몰래 들어와 왕자의 알을 빨아먹기 때문입니다.

고양이가 없는 틈에 생쥐처럼 들어와

닥치는 대로 구멍을 내고 못쓰게 만들어 놓지요.

엑시터 그렇다면 고양이는 집에만 있어야 한다는 결론이 나지만

　　　반드시 그럴 필요는 없을 것입니다. 175

　　　귀중품을 지킬 자물쇠가 있고,

　　　좀도둑을 잡기 위한 교묘한 함정이 있기 때문입니다.

　　　무기를 가진 손이 해외에서 싸우는 동안,

　　　신중한 머리가 고국을 지키는 겁니다.

　　　국가는 상, 중, 하의 부분으로 나누어져 있지만 180

　　　그것들이 하나로 조화를 이루게 하여

　　　음악처럼 자연스럽고 완벽한 화음을 내게 하는 것입니다.

캔터베리 맞습니다. 그렇기 때문에 하늘은 인간의 왕국을

　　　여러 가지 기능으로 나누고, 각 부분으로 하여금

　　　끊임없이 움직이도록 하기 위해 애쓰는 것입니다. 185

　　　그렇게 노력하는 목표는 바로 복종입니다.

　　　꿀벌이 하는 일도 그렇듯이

　　　그들은 자연의 법칙을 따라

　　　질서 있는 행동이 무엇인가를 인간에게 가르쳐 줍니다.

　　　그들에게는 왕이 있고, 여러 계급의 관리들이 있습니다. 190

　　　어떤 벌들은 행정관으로 국내에서 법을 시행하고,

　　　어떤 벌들은 상인처럼 해외에 나가 무역에 종사하며,

다른 벌들은 병사로서 침으로 무장하여

벨벳같이 부드러운 여름철의 꽃봉오리를 습격하여

유쾌한 행진곡을 부르며 전리품을 갖고   195

왕의 군막으로 갑니다.

왕도 왕의 임무를 하느라 바쁩니다.

노래를 부르며 황금의 지붕을 만드는 석공들,

꿀을 반죽하여 벌집을 만드는 솜씨 좋은 벌들,

무거운 짐을 지고   200

좁은 문으로 밀려드는 가난한 노동자들,

게으른 농땡이 수벌들을 무서운 형리들에게 인도하는

엄한 얼굴의 퉁명스러운 판사들을 감독하지요.

그러니 소신은 이렇게 추측합니다.

많은 사람들이 제각기 다르게 움직이고 있어도   205

공통된 목표를 향해 화합을 이룰 수 있습니다.

다른 방향에서 쏜 많은 화살이

한 과녁으로 가듯이

여러 갈래의 길이 한 마을에서 만나게 되고,

많은 시냇물이 흘러 결국 하나의 바다에서 만나고,   210

여러 개의 선이 뻗어서 해시계의 중심으로 모여들듯이 말입니다.

수천의 행동이 생겨나더라도

헛수고가 되는 일 없이 순조롭게 하나의 목적에 도달하게 마련입
    니다.

그러니 폐하, 부디 프랑스로 출정하소서!

행복한 영국을 넷으로 나누어서   215

그 중 사분의 일로 프랑스로 진격하셔도

프랑스 전체를 떨게 하실 수 있습니다.

만일 우리들이 고국에서 나머지 사분의 삼의 병력을 가지고

저 개들로부터 이 나라의 대문을 지키지 못한다면

우리는 그 개들에게 짓밟히고 우리나라가   220

용맹과 지략의 명성을 잃어도 좋습니다.

헨리 왕 프랑스의 왕자가 보낸 사신들을 불러 들여라.

시종 여러 명 퇴장

이제 마음에서 모든 의심이 사라졌다. 앞으론 신의 가호와

국력의 근본인 경들의 도움으로

프랑스가 짐의 것인 이상,   225

프랑스가 나를 경외하게 만들거나

아니면 산산이 부숴 버리겠다.

프랑스와 프랑스 왕에 속한 공작령들에 대해서

대대적이고 강력한 통치권을 행사하지 못한다면

이 몸의 뼈를 무덤 아닌 초라한 항아리에 담아   230

기념비나 비문도 없이 두게 하겠다.

이 나라의 역사가 짐의 행적을

큰 소리로 찬양하게 하거나, 아니면

짐의 무덤은 혀를 잘린 터키의 노예처럼 아무 말도 하지 못하고,

가장 쉽게 지워지는 비문조차 세우지 못하게 하겠다.   235

프랑스의 사신들 등장. 시종들이 큰 통을 들고 뒤따른다.

　자 이제 프랑스의 왕자가 전하려는
　유쾌한 뜻을 들어 봅시다. 짐이 듣기로
　이번 사신은 프랑스 왕이 아니라 왕자가 보냈다던데.

사신　황공하오나 폐하,
　저희가 하명 받은 바를 사실 그대로 아뢰올까요,　　240
　아니면 왕자님의 의중과 저희들의 전갈을
　에둘러서 완곡하게 말씀드릴까요?

헨리 왕　짐은 폭군이 아니라 기독교 나라의 왕이요.
　그리고 짐의 인자함에 있어서는 감정이
　감옥에 갇혀있는 죄수처럼 붙잡혀 있으니　　245
　왕자의 의중을 솔직하게 기탄없이 말하시오.

사신　　　　　　　　　하오면 간략하게 말씀드리겠사옵니다.
　폐하께서는 최근 프랑스에 사신을 보내셔
　증조부이신 에드워드 3세의 권리로서
　몇몇 공작령을 요구하셨습니다.　　250
　이에 대해 소신의 주군이신 프랑스 왕자 전하께서 이렇게 대답
　　하셨습니다.
　폐하께서는 지나치게 젊음의 풋내를 풍기고 있으니
　정신 차리시라는 전갈이옵니다. 프랑스에는
　발 빠르고 흥겨운 춤으로 얻을 수 있는 영토는 하나도 없으며
　어떤 공작령에서도 흥청거리며 즐기실 수 없다는 말씀이옵니다.　　255
　그래서 왕자 전하께서는 폐하의 기질에 보다 적합한

이 보물통을 보내셨습니다. 그걸 받으신 대가로

공작령을 내놓으라는 말씀은

다시 하지 마시라는 부탁을 하셨습니다. 이상이옵니다.

헨리 왕 숙부님, 무슨 보물이지요?   260

엑시터   테니스공입니다, 폐하.

헨리 왕 왕자께서 날 두고 익살을 떠시는군요.

짐은 왕자의 선물과 사신들의 수고를 치하하오.

이 공에 어울릴 라켓이 마련되면

프랑스에서 한 판 시합을 벌여 신의 은총으로   265

왕자의 부왕의 왕관을 위험에 빠지게 하겠소.

만만치 않은 상대와 맞붙게 되었다고 전하시오.

그리고 프랑스의 모든 궁정은 짐의 추격으로 어지럽혀질 것이오.

왕자가 짐의 방탕하던 시절을 가지고 조롱하는 심정은 잘 이해하오.

짐의 그런 시절이 어떻게 유용했는지 알지 못하는 모양이니까.   270

짐은 보잘 것 없는 영국의 왕좌를 소중히 여긴 적은 없었소.

그래서 이 왕좌에서 떠나

저속한 방탕에 빠졌던 거요.

마치 사람은 누구나 집을 떠나 있을 때가 가장 즐거운 법이듯이.

그러나 짐이 프랑스의 왕좌에 앉게 될 때엔   275

왕답게 당당하게 나의 위대함을 충분히 보여주겠다고

왕자에게 전하시오.

그 목적을 위해 짐은 위엄을 벗어 던지고

일개 노동자처럼 일하며 지냈던 거요.

하지만 짐이 프랑스의 왕위에 오를 때엔 영광에 휩싸여   280
프랑스 모든 국민의 눈을 부시게 하며,
왕자는 짐을 바라보기만 해도 눈이 멀게 될 것이오.
농담을 즐기는 왕자께 또 이렇게 전하시오.
이번 왕자의 조롱이 테니스공을 대포알로 바꾸었다고. 그리고
　그의 영혼이
포탄과 함께 날아오를 파괴적인 복수에 대해서   285
쓰디쓴 책임을 져야 한다고. 이 조롱 때문에
수천의 아내가 사랑하는 남편을 잃고 과부가 될 것이고,
어미는 자식을 잃고, 성은 파괴되고,
아직 태어나지도 않은 자들도
왕자의 이 조롱을 저주할 것이오.   290
그러나 이 일은 모두 신의 뜻에 달려 있으니,
그 신에게 호소하여 신의 이름으로
왕자에게 전해주기 바라오. 난 힘이 미치는 한
복수를 하기 위해 진격할 것이며, 그리고 신성한 명분을 위해
정당한 손을 내밀 것이오.   295
사신들은 잘 가시오. 그리고 왕자께 전하시오.
우는 자의 수가 웃는 자보다 수천을 넘어설 때,
왕자의 농담은 얄팍한 재치밖에는 보이지 못할 것이라고.
사신들을 안전하게 모셔라. 편히들 가시오.

사신들, 시종들 퇴장

엑시터 정말 엉뚱한 전갈을 보냈습니다. 300

헨리 왕 그걸 보낸 이가 부끄러워 얼굴을 붉히게 될 것이오.

그러니 경들, 좋은 기회를 한시라도 놓치지 말고

원정 준비에 만전을 기해 주시오.

이제 짐의 마음속엔 프랑스뿐이오.

이 원정을 인도해 주시는 신에 대한 생각도 물론 있지만. 305

이 전쟁을 위해 필요한 자금과 병사들을 속히 조달하고

우리가 마음만큼이나 빠르게 프랑스로 날아갈 수 있도록

빠짐없이 준비해 주시오.

신의 뜻에 따라

반드시 왕자의 고국에서 그를 혼내줄 것이오. 310

이 전쟁이 성공을 거둘 수 있도록

각자 힘을 기울여 주시기 바랍니다.

나팔의 팡파레. 모두 퇴장

2막

코러스 등장

이제 영국의 모든 젊은이들은 정열에 불타

사치스런 비단옷에 감긴 향락은 옷장 속에 잠들어 있고,

지금은 무기 제조업자들만이 번창하고

사람들의 마음속엔 명예를 얻을 생각뿐입니다.

그들은 목초지를 팔아 말을 사들여   5

영국의 머큐리인양 날개달린 발꿈치로

모든 기독교도 국왕의 귀감을 따라갑니다.

공기는 기대로 차 있고,

칼은 헨리 왕과 그를 따르는 사람들에게 약속된

황제의 왕관과 군주의 왕관, 귀족의 관으로   10

칼자루로부터 칼끝까지 덮였답니다.

한편 프랑스는 믿을 만한 정보망을 통해

이 무시무시한 전쟁 준비를 알아차리고는

두려움에 떨며 비겁한 음모로

영국의 계획을 좌절시키려 했습니다.   15

오, 영국이여, 타고난 위대함의 표본이여!

강인한 정신을 담고 있는 작은 나라여,

너희 국민들이 모두 민족으로서 천륜의 도리를 다한다면

넌 명예가 네게 바라는 대로 큰 위업을 이룰 것이다!

그러나 보아라, 프랑스 왕은 너의 약점을 알아차리고   20

반역의 거짓된 가슴속을 부정한 금화로 채워놓았다.

역모를 꾀한 세 사람은

그 첫째가 케임브리지의 백작 리처드,

둘째가 마샴 경, 헨리 스크루프,

셋째가 노덤벌랜드의 기사 토머스 그레이 경인데 25

프랑스 왕의 금화에 매수되어, 오, 진정 죄를 지었구나!

겁에 질린 프랑스 왕의 음모에 가담할 것을 맹세하였다.

지옥과 배반자들이 반역을 실행하는 날이면

왕들 중에서 가장 명예로운 헨리 왕은

프랑스로 출항하기에 앞서 서샘튼에서 살해당하게 될 것이다. 30

관객 여러분, 잠시만 기다려 주십시오.

저희가 장소의 일치를 무시하고 종횡무진 연극을 보여드리겠습니다.

금화는 지불되어 반역자들은 실행을 약속하였고

왕은 런던을 떠났습니다. 이제

무대 장면은 사우샘프턴으로 옮겨갑니다. 나리들, 35

극장 객석에 앉아계신 여러분을 프랑스로 안전하게 모셔가고,

다시 모셔 오겠습니다.

여러분께서 무사히 통과하시도록

영국해협에 마법을 걸겠습니다.

이 연극 때문에 한 사람이라도 뱃멀미를 일으켜 기분 상하시지 40
    않도록 하겠습니다.

그러나 아직은 왕이 떠나실 때까지는 무대는 런던이며

이제 곧 장면은 사우샘프턴으로 옮겨집니다.

퇴장

1장

런던의 거리

님 하사와 바돌프 중위 등장

바돌프 님 하사, 잘 만났다.

님 좋은 아침일세, 바돌프 중위.

바돌프 피스톨 기수하고는 화해했나?

님 난 아무렇지도 않아. 아무 말도 안 했어.

때가 되면 웃을 수 있겠지. 그러나 될 대로 되라지. 난 싸움은 잘
못 하지만 여차하면 눈을 질끈 감고 이 칼을 뽑을 테다. 싸구려
칼이지만 뭐 어때? 치즈를 꽂아 굽기에도 좋고, 칼집에서 나와도
다른 사람의 칼처럼 추위를 타지도 않는다구. 그 뿐이요.

바돌프 내가 아침을 사 줄 테니 화해를 하라구. 그리고 형제의 맹세를 한
우리 셋이 프랑스로 가는 거야.

그렇게 하자구, 님 하사.

님 난 할 수 있는 데까지 살아볼 테야, 진심이야. 그리고 더 이상 살
수 없게 되면 할 수 있는 일은 다 해보는 거지.

그게 나의 마지막 길이고 안식처야.

바돌프 이봐, 하사.

피스톨이 넬 퀴클리하고 결혼한 건 확실해. 분명히 그 여잔 너한
테 잘못했어. 네가 그 여자하고 결혼하기로 약속을 했으니 말

이야.   20

님　나도 모르겠다. 될 대로 되라지. 사람들은 잠을 자겠지. 그 때에
　　도 목구멍은 가지고 있을 테고. 그리고 칼에는 날이 있단 말이야.
　　될 대로 되는 거지. 인내란 참기 힘든 것을 참는다곤 하지만 결국
　　에는 끝이 있을 거야. 결말이 나는 거지.   25

피스톨과 여관 안주인 퀴클리 등장

바돌프　저기 피스톨하고 그 마누라가 온다.

　　님 하사, 지금은 참아.

님　어쩐 일인가, 피스톨 여관 주인 나리?

피스톨　천한 개새끼, 뭐 내가 여관 주인이라구?
　　이 손에 걸고 맹세하는데 그런 소린 딱 질색이야.   30
　　내 아내도 이젠 사람을 재우지 않는단 말이야.

퀴클리　그럼요. 여관 안 한지 오래 되었다구요. 아니, 삯바느질을 해서
　　먹고 사는 얌전한 부인네 열두어 명 하숙시키는데 그걸 두고 색시
　　집이니 뭐니 한단 말예요.   35

님이 칼을 빼든다

아이구머니나! 성모마리아님, 저 사람 칼을 뽑았네! 이러다간 고
의적인 간통⁵이니 살인이 벌어지고 말겠구먼.

피스톨도 칼을 뺀다

바돌프 이봐 소위! 이봐, 하사! 여기선 싸우지 말라구. 40

님 이 놈!

피스톨 이 아이슬랜드의 개자식! 귀가 발딱 선 아이슬랜드의 똥개 자식아!

퀴클리 님 하사님, 자 용기를 내어 칼을 거두세요.

님과 피스톨은 칼을 칼집에 넣는다

님 (피스톨에게) 저리 가자. 내가 단독[6]으로 상대해 주마.

피스톨 뭐 '단독'이라구, 이 우라질 개자식이? 45

이 더러운 독사야!

네 그 괴상하게 생긴 상판이 '단독'이라구!

네 이빨에, 네 목구멍에, 네 가증스러운 폐에,

네 배때기에도 기필코 '단독'을 넣어주마.

그보다도 더 더러운 그 아가리에 처넣어 주겠다! 50

네 창자에도 그 놈의 '단독'을 되돌려 주마.

나도 열 받았단 말이야.

내 피스톨의 꼭지는 단단히 서 있단 말이다.

불을 당기면 폭발한다구.

님 내가 악마도 아닌데 그 따위 주문을 외워봤자 소용없어. 널 실컷 55
패주고 싶은 마음이다. 이 피스톨 놈아, 더러운 아가리를 놀리면
간단히 말해 이 칼자루로 있는 힘을 다해 후벼 파주겠다. 저리 가
서 붙는다면 네 창자를 찔러 줄 거야. 다시 말하면 그게 내 기분
이란 말이다. 60

피스톨 이 못된 허풍선아, 지옥에 떨어질 흉악한 놈!

무덤이 아가리를 벌리고 네 놈을 삼키려 하고, 죽음이 가까웠다.

그러니 칼을 빼라!

피스톨과 님은 칼을 뺀다

바돌프 (칼을 빼며) 듣거라, 내 말 잘 들어! 먼저 칼질한 놈은 내가 군인답

게 칼자루까지 들어가게 푹 찔러 주마.   65

피스톨 참 대단한 맹세로군. 치솟은 화가 누그러지겠다.

모두 칼을 칼집에 넣는다

내 손을 잡아라, 네 손 좀 만져 보자.

네 용기 참 대단하다!

님 언젠가 네 목을 멋지게 잘라 줄 테다. 그게 내 기분이니까.   70

피스톨 '꾸쁠 아 고르즈!' 목을 잘라버리겠다!

이게 내 좌우명이다.

자, 그럼 다시 도전한다.

크레테의 개자식, 네 놈이 내 마누라를 차지하겠다구?

병원으로 가서 더러운 성병 환자의 목욕통에서   75

크레시다같은 문둥이 창녀,

돌 티어시트를 끌어내어 네 계집으로 삼아라.

예전의 퀴클리는 지금도,

앞으로도 유일한 내 마누라다.

그러니까 한마디로 말해 썩 꺼져!   80

폴스타프의 시동 소년 등장

소년 피스톨 나리, 제 주인님한테 가 보세요. 아주머니도요. 주인님은
병이 심해서 자리에 누워 계세요. 바돌프 아저씨, 그 빨간 얼굴을
주인님 이불 속에 넣어서 좀 데워주세요. 정말이지 많이 아프시 85
다구요.

바돌프 썩 꺼져, 이 고얀 놈!

퀴클리 그 양반, 조만간 죽어서 까마귀밥이 되려나 봐요. 폐하 때문에 가
슴이 터졌을 거야. 여보, 빨리 집으로 와요.

퀴클리와 소년 퇴장

바돌프 자 화해들 하라구! 다 같이 프랑스로 가야해. 뭐 때문에 칼을 빼 90
어들고 서로 목을 베려는 거야?

피스톨 홍수는 넘쳐야 하고, 마귀들은 먹이를 찾아 울부짖어야 하지!

님 내가 내기에서 딴 8실링 줄 거지?

피스톨   내준다면 천한 노예놈이다. 95

님 난 받아야겠어. 그게 내 기분이니까.

피스톨 남자답게 칼로 해결하자! 덤벼!

피스톨과 님 칼을 뺀다

바돌프 (칼을 빼며) 이 칼에 두고 맹세한다. 먼저 찌르는 놈은 내가 죽인다! 100
이 칼로 죽이겠다.

피스톨 칼에 건 맹세라면 꼭 지키겠지. (칼을 칼집에 넣는다)

바돌프 님 하사, 화해를 해서 친구가 되란 말이야. 그렇지 않으면 나하고
도 원수다. 제발 칼을 치워.   105

님 그럼 8실링을 줄 건가?

피스톨 노블[7] 한 장 주지. 바로 줄게.

이제 우리는 화해하고 친구가 되는 거다.

난 님을 돕고 님은 나를 돕는 거야.   110

그렇지? 난 영내에 출입하는 상인이 되어서

이익을 챙길 거란 말이야.

자, 악수하자.

님 노블 한 장 줄 거지?

피스톨 암, 현금으로 준다니까.   115

님 그럼 됐어, 자 기분이다.

님과 바돌프는 칼을 칼집에 꽂고, 님과 피스톨은 악수한다.

퀴클리 등장

퀴클리 당신들도 인정이 있는 사람이라면 얼른 존 경한테 가 봐요. 불쌍
해라! 매일 아니면 하루 걸러서 불덩이같이 반복되는 열에 시달
려서 보기도 딱해요. 여러분, 어서들 가 봐요. (퇴장)   120

님 폐하께서 그분을 기분 나쁘게 대하시 그래. 그건 명백한 사실이야.

피스톨 님 말이 맞아.

폴스타프의 심장이 찢어지고 터진 게야.

님 폐하께서는 좋은 왕이지만, 하지만 될 대로 되가는 수도 있다구.

폐하께서도 기분을 내서 마구 달려가는 수가 있다니까. ¹²⁵

피스톨 자 그럼 우리 기사님을 위로하러 가자, 우리는 젊고 앞날이 창창

하니까.

모두 **퇴장**

2장

서샘튼의 회의실

엑시터, 베드포드, 웨스모얼랜드 등장

베드포드 그런 반역자들을 믿으시다니 폐하도 참으로 대담하십니다.

엑시터 그 역도들은 곧 잡힐 것이다.

웨스모얼랜드 어쩌면 그렇게 느긋하고 태연할 수 있을까.

　　마치 그들의 마음속에는 충의라는 것이 자리 잡고 있어

　　신의와 변함없는 충성심의 왕관을 씌운 듯합니다.　　　　　5

베드포드 폐하께선 그들이 꿈에도 생각지 못하게 알아차리셔서

　　그들이 꾀하는 음모를 모두 알고 계십니다.

엑시터 그나저나 폐하와 잠자리를 같이 하는 스크루프가

　　폐하의 은총을 물리도록 배부르게 먹고도

　　외국 돈주머니에 군주의 목숨을 팔아넘기는　　　　　10

　　반역을 저지르다니!

　　　나팔소리. 헨리 왕, 스크루프 경, 케임브리지 백작,
　　　토머스 그레이 경, 귀족들과 병사들 등장

헨리 왕 자, 바람도 잔잔하니 배에 오릅시다.

　　그런데 케임브리지 경과 마샴 경,

그리고 그레이 경, 경들의 의견을 듣고 싶소.

지금 짐이 이끄는 이 병력을 가지면 15

프랑스의 병력을 뚫고 통과하여

병사들을 소집했을 당시 예상한대로

적에게 타격을 입힐 수 있겠는가?

스크루프 각자가 최선을 다한다면 틀림없사옵니다. 폐하.

헨리 왕 짐도 그리 믿고 있소. 20

짐의 병사들 중

짐과 일심동체가 아닌 사람은 한 명도 없고,

고국에 남아 있는 사람 중에도

짐의 성공과 승리를 바라지 않는 자는 한 사람도 없을 거라고

믿고 있으니.

케임브리지 일찍이 폐하만큼 백성들의 사랑과 존경을 25

받으신 군주는 없었던 줄로 압니다.

선정을 베푸시는 폐하의 그늘 아래서

상심하거나 불안을 느끼는 신하는 한 사람도 없을 것입니다.

그레이 그러하옵니다. 선왕의 적이었던 자들도

폐하의 온정에 빠져 그 원한을 풀고 30

충성과 열성으로 폐하를 섬기고 있사옵니다.

헨리 왕 그래서 짐도 크게 감사하고 있소.

각자의 중요성과 가치에 따라서

보답하고 상 주는 것을 저버린다면

짐이 이 손을 쓰는 법을 잊어버리게 될 거요. 35

스크루프 그래서 신들도 근육을 강철처럼 강인하게 단련시켜

폐하의 은총에 대한 합당한 보답으로

끊임없는 충성을 바치려고 애쓰고 있습니다.

헨리 왕 짐도 다 알고 있소. 엑시터 숙부님,

어제 짐을 비방한 죄목으로   40

투옥된 자를 석방해 주세요.

술이 과해서 저지른 잘못인 것 같습니다.

제 정신이 돌아오면 용서해 줘야겠지요.

스크루프 관대하신 처사이오나 지나친 방심이 아닌가 하옵니다.

폐하, 그 자를 처벌하시옵소서. 그자를 용서하시면   45

선례가 되어 그런 일이 자꾸 일어날 우려가 있습니다.

헨리 왕 그래도 관대하게 대하는 게 좋겠소.

케임브리지 관대하게 하시되 그래도 벌은 주시옵소서.

그레이 폐하, 큰 벌을 주신 다음에라도 목숨만 살려 주시면

그것으로 큰 자비를 베푸신 것이옵니다.   50

헨리 왕 오, 경들이 나를 그리 사랑하고 염려해 주기 때문에

이 불쌍한 죄인에게 무거운 벌을 주라 간청하는구려.

술에 취해 저지른 사소한 잘못도 눈감아주면 안 된다면

의도적으로 계획해 저지른 대죄가 눈앞에 나타날 때엔

얼마나 눈을 크게 뜨고 보아야 하겠는가?   55

케임브리지 경, 스크루프 경, 그리고 그레이 경,

비록 경들이 짐의 안전을 깊이 염려하여

그 자의 처벌을 원하지만

그래도 짐은 그 자를 석방해 주겠소.

자, 이젠 프랑스 문제를 논의하겠소. 60

최근 행정을 위임받은 사람들은 누구인가?

케임브리지 소신도 그 중의 하나입니다.

폐하께서 오늘 위임장을 받으라고 명하셨습니다.

스크루프 신도 그러하옵니다. 폐하.

그레이 신 또한 그러하옵니다. 폐하. 65

헨리 왕 (이들에게 위임장을 준다)

자 케임브리지의 백작 리처드, 이것이 경의 것이고,

마샴의 스크루프 경, 경의 것은 여기 있소.

노덤벌랜드의 기사 그레이, 이것은 경의 것이요.

어서 읽어 보시오. 짐은 경들의 가치를 알고 있소.

웨스모얼랜드 백작, 그리고 엑시터 숙부님, 70

오늘 밤 승선하십시다. 아니, 왜들 그러시오, 경들!

그 서류에서 무엇을 보았기에 그토록 창백해지는 거요?

저 안색 변하는 것 좀 보게! 뺨이 종잇장 같지 않소.

도대체 무엇을 읽었기에

그렇게 겁에 질려 혼비백산한단 말이요? 75

세 신하들은 무릎을 꿇는다

케임브리지 저의 죄를 고백하오니

폐하의 자비를 바랄 뿐입니다.

그레이와 스크루프 소신들도 폐하의 자비를 빌 뿐이옵니다.

헨리 왕 조금 전까지 짐의 마음속에 살아있던 자비심은

너희들의 진언에 억눌려 죽고 말았노라.　　　　　　　　　80

수치를 안다면 어찌 감히 자비를 입에 담을 수 있는가,

너희들의 주장이 이제 너희들의 가슴속에 파고들어

마치 주인에게 덤벼드는 개처럼 너희들을 괴롭히고 있다.

자, 보시오. 왕족과 귀족들, 이 영국의 괴물들을!

여기 있는 케임브리지 경은　　　　　　　　　　　　　85

경들도 알다시피 짐이 극진히 사랑하여

그의 명예에 관련된 것이라면,

아낌없이 주어 왔소. 그런데 이 자는

적은 돈에 쉽게 매수되어 역모를 꾸며

서샘튼에서 짐을 죽이려는　　　　　　　　　　　　　90

프랑스 왕의 음모에 가담하였소.

케임브리지 못지않게 짐의 은혜를 입은 그레이 경도

마찬가지로 가담했소. 그러나 오,

스크루프 경, 네게 대해선 뭐라고 말해야 할까, 잔인하고

무례하고 배은망덕한 짐승 같은 인간.　　　　　　　95

너는 나의 마음속을 열어볼 열쇠를 갖고 있었고,

나의 영혼의 밑바닥까지 훤히 알고 있었지.

너의 이익을 위해 나를 이용하려 한다면

나를 금화로 만들 수도 있었을 텐데.

네가 외국에 매수되어 100

나의 손가락 하나라도 해칠

악의의 작은 불꽃이라도 일으키는 일이 가능하단 말이냐?

너무나 어이없는 일이어서

진실이 흑백처럼 분명히 드러났음에도 불구하고

내 눈이 차마 그것을 믿을 수 없다. 105

반역과 살인은 항상 결탁하여,

각자의 목적에 맹세한 같은 굴레를 쓴 한 쌍의 악마인지라

그들 본래의 목적을 위해 일한다 해서

그리 놀라서 탄성을 지를 일도 아니지.

그러나 네 경우는 자연의 이치에서 너무 벗어나 110

반역이든 살인을 따르는 자도 깜짝 놀라게 한다.

너를 이처럼 사악하게 꾄 교활한 악마가 누구든 간에,

지옥에서는 최고의 칭찬을 받았을 게다.

사람들에게 반역을 사주하는 악마들은

지옥에 떨어질 것이라는 사실을 어설프게 감추기 위해 115

경건함의 번쩍이는 외양과 비슷하게

그럴 듯하게 꾸민단 말이다.

그러나 너를 유혹한 자는 네게 반역을 명했다.

네가 왜 반역을 해야 하는지 동기도 밝히지 않고,

반역자라는 호칭만을 주었을 뿐이다. 120

너를 이렇게 속여 먹은 악마가

사자같은 걸음걸이로 전 세계를 돌고 나서,

저 넓은 지옥으로 돌아가서

악마의 무리에게 이렇게 말할 것이다.

'저 영국인의 영혼처럼 쉽게 손에 넣을 수 있는 것은 없다'고. 125

오, 너는 신뢰의 달콤함을

질투로 병들게 하지 않았는가! 충신으로 보인 자가 있다면?

네가 바로 그랬지. 근엄한 학자로 보인 자가 있다면?

네가 바로 그랬지. 고귀한 가문 출신인 자가 있다면?

네가 바로 그랬지. 신앙심이 깊은 자로 보이는 자가 있다면? 130

네가 바로 그랬지. 또는 과음과식을 하지 않고,

상스러운 열정이나 향락, 분노를 절제할 줄 알고,

마음이 한결같으며 혈기에 좌우되지 않고,

겸손한 예의로 꾸미고,

눈으로 보아도 귀로 듣기 전에는 행동하지 않고, 135

순수한 판단력에 비추어서가 아니면 아무 것도 믿지 않던

너야말로 그런 완전무결한 사람으로 보였다.

그러니 너의 타락은 아무리 완벽한 미덕을 갖춘 사람일지라도

의심해야 한다는 오점을 남겼다.

너 때문에 나는 울고 싶다. 140

네 반역은

내게는 인간의 두 번째 타락이라고 보이기 때문에.

이들의 죄상은 명백하다.

체포하여 법의 심판을 받게 하라.

신이여, 이들을 반역의 죄로부터 해방시켜 주소서! 145

케임브리지, 스크루프, 그레이 일어선다.

엑시터 케임브리지의 백작 리처드를

　　　대역죄로 체포한다.

　　　마샴 경 헨리 스크루프,

　　　너를 대역죄로 체포한다.

　　　노덤벌랜드의 기사 토머스 그레이를 대역죄로 체포한다.　　150

스크루프 신께서는 저희들의 음모를 정당하게 드러내셨습니다.

　　　소신은 소신의 죽음보다 소신의 죄를 더 후회합니다.

　　　소신의 목숨으로 죄의 대가를 치루겠으나

　　　폐하의 용서를 빌 뿐이옵니다.

케임브리지 비록 소신이 계획하던 바를　　　　　　　　　　　155

　　　더 빨리 실현시키려는 동기는 있었지만

　　　소신은 프랑스 왕의 황금에 매수되지는 않았습니다.

　　　그러나 미연에 방지하여 주신 신께 감사드립니다.

　　　벌을 받음에 진심으로 기뻐하며

　　　신과 폐하께서 소신을 용서하여 주시기를 바랍니다.　　　160

그레이 일찍이 어떤 충신이 위험스러운 반역이

　　　탄로 난 것을 보고 기뻐하더라도

　　　지금 저주받을 음모가 사전에 저지당한 것을 보는

　　　소신의 기쁨에 미치지 못할 것이옵니다.

　　　폐하, 목숨은 거두시되 소신의 죄는 용서해 주시옵소서.　　165

헨리 왕 자비로운 신이시여, 저들의 죄를 용서하소서! 선고를 들어라!

　　　너희들은 짐에 대항해 반역을 도모하였고,

이미 선전포고한 적과 결탁하여

그들의 금고에서

짐의 목숨의 대가로 착수금을 받았다.   170

그리하여 너희들은 국왕을 시해자에게 팔아 넘겼으며,

짐의 왕족과 귀족들을 노예로 팔아넘기고,

백성들을 압제와 굴욕으로 몰아넣고

또한 왕국 전체를 황폐화시키려고 하였다.

짐의 한 몸에 대해서는 복수할 생각이 없다.   175

그러나 왕국의 안위는 매우 소중하니

너희들이 나라를 전복시키려고 꾀했으므로

너희들을 국법의 처단에 넘긴다.

그러니 가련한 죄인들이여, 즉시 처형장으로 가라.

신의 자비가 너희들에게 견디는 인내심을 주시고   180

대죄를 진심으로 뉘우치게 할 것이다.

저 자들을 당장 끌고 가라!

     호위를 받으며 케임브리지, 스크루프, 그레이 퇴장

자, 이제 경들이여! 프랑스로 출발합시다.

이 원정은 짐에게나 경들에게 똑같이 영광을 가져올 것이오.

짐의 전쟁에서 행운이 있을 것을 의심치 않습니다.   185

짐의 출발을 방해하려고 앞길에 도사리고 있던

위험한 반역을 신이 고맙게도

백일하에 드러냈으니 말이요. 짐은 확신하오.

짐의 앞길을 가로막는 장애물은 모두 제거되었다고.

그러니 친애하는 동포들이여, 진군합시다! ₁₉₀

짐의 병력은 신의 손에 맡기고

지체 없이 원정길에 오릅시다.

힘차게 바다로 나아갈 것이오. 전쟁의 깃발을 높이 올려라.

프랑스의 왕이 되지 못하면 영국의 왕도 안 할 것이다!

나팔의 화려한 팡파레. 모두 퇴장

3장

런던의 선술집 앞

피스톨, 님, 바돌프, 소년, 퀴클리 등장

퀴클리 제발, 사랑하는 여보, 스테인즈까지 따라 갈래요.

피스톨 그건 안 돼. 이 사나이의 가슴이 슬퍼서 그래.

바돌프, 좀 용기를 내, 님도 기운을 내라구.

꼬마야, 너도 기운차려.

폴스타프가 죽었기 때문에 슬퍼하지 않을 수 없구나. 5

바돌프 그 분이 있는 곳이면 천국이든 지옥이든 어디든지 따라가고 싶다
구!

퀴클리 천만에요. 그 분은 지옥엔 안 갔어. 분명히 천국의 아더[8]의 가슴
에 안겨 있다구요. 사람이 죽으면 정말로 아더의 품으로 간다면
서요. 그 분 임종은 훌륭했어요. 마치 갓 세례 받은 아기처럼 눈을 10
감으셨어요. 템즈 강의 물이 빠지는 밤 열두시와 한 시 사이에 그
인 떠나가셨어요. 그 분은 홑이불 위의 꽃을 만지작거리다가 자
기 손가락 끝을 보고 빙긋이 웃더라구요. 그 순간 난 이제 때가
되었구나 하고 생각했어요. 왜냐하면 코가 펜촉같이 뾰족해 져서 15
푸른 목장이 어쩌니 중얼거리지 않겠어요. "왜 그러세요, 존 경!"
하고 말하며 "자, 기운을 내세요" 하니까, 그 사람이 "하느님, 하

느님, 하느님!" 하고 서너 번 외쳤어요. 그래서 그를 위로해주느라고 하느님 생각을 할 때가 아니라고 했지요. 아직은 그런 생각을 할 필요가 없길 바랐어요. 그랬더니 발에 이불을 더 덮어달라는 거예요. 그래서 침대 속에 손을 넣고 발을 만져보니 돌처럼 차지 않겠어요. 그래서 무릎을 만지고 조금씩 위를 만져 봐도 모두 돌처럼 찼어요. ²⁰

님 듣자하니 술을 저주했다며?

퀴클리 예, 그랬어요. ²⁵

바돌프 그리고 여자들도?

퀴클리 아니, 여자들은 저주하지 않았어요.

소년 아뇨, 저주했어요. 여잔 악마의 화신이라고 했어요.

퀴클리 그 분은 카네이션을 좋아하지 않았어요. 그것은 그 분이 싫어하던 색깔이에요. ³⁰

소년 언젠가 이런 말은 하셨어요. 여자 때문에 악마가 자길 잡아갈 거라고.

퀴클리 무언가 여자 얘길 하긴 했는데, 근데 그때는 감기 때문에 정신이 없어서 바빌론의 창녀 얘길 했어요.

소년 기억하세요? 그 분이 바돌프 님의 코에 벼룩이 붙어 있는 걸 보고 ³⁵ 저주받은 영혼이 지옥 불에 타고 있는 거라고 하지 않았어요?

바돌프 그래, 그 불을 지펴 주었던 술도 이젠 없어져 버렸어. 내가 그 양반을 모시고 얻은 유일한 재산은 그것뿐이었는데.

님 자, 우리 이제 떠날까? 폐하께서 사우샘프턴에서 출발하시겠다.

피스톨 자, 가자. (넬에게) 여보, 입술 좀 줘. (키스한다) ⁴⁰

내 재산을 잘 관리하라구.

분별 있게 행동하구. 좌우명은 '현금받기고 외상은 안 된다'야.

아무도 믿지 말란 말이야.

맹세는 지푸라기같이 덧없고 사람의 약속은 깨지기 쉽지.

여보, 그저 현금만큼 좋은 건 없다구.   45

그러니 항상 조심하란 말이야.

이봐, 눈물을 닦아. 자, 동지들이여, 무기를 손에 들어.

프랑스로 가서 말거머리처럼

피를 빨고 또 빨아먹는 거다!

소년 그렇지만 피는 해로운 음식이래요.   50

피스톨 그녀의 부드러운 입술에 인사하고 출발해야지.

바돌프 안녕히 계셔요, 아주머니. (키스한다)

님 난 키스 못하겠어. 그게 내 기분이야. 하지만 잘 있어요.

피스톨 살림 잘 하고 있어. 나돌아 다니지 말구, 이건 내 명령이야.

퀴클리 잘 가세요, 안녕.   55

모두 퇴장한다.

4장

프랑스, 왕궁

나팔의 화려한 팡파레. 프랑스 왕, 프랑스 왕세자,
베리 공작, 브리타니 공작, 프랑스군 총사령관 등장

프랑스 왕　영국군이 이렇게 큰 병력으로 공격해 오고 있으니
　　　우린 철통같은 방어로
　　　당당히 맞서 싸우는 것이 중요하다.
　　　그러니 베리와 브리타니 공작,
　　　브라방과 오를레앙 공작은 즉시 출전하라.　　　　　　5
　　　그리고 왕세자는 서둘러서
　　　전장의 도시마다 용감한 병사들과
　　　방어용 장비를 배치하여
　　　강화하고 새로 보수도 하도록 하라.
　　　영국 왕이 소용돌이에 빨려드는 물길처럼　　　　　　10
　　　맹렬히 공격해 오고 있으니,
　　　최근에 영국군을 우습게 봤다가
　　　프랑스의 전장에서 참패했던 일을 본보기삼아
　　　만전을 기하는 것이 마땅하다.
왕세자　존경하는 부왕 폐하,　　　　　　　　　　　　　15
　　　적에 대항해서 무장을 한다는 것은 매우 지당한 일이옵니다.

전쟁이나 어떤 불화가 문제가 되지 않더라도

전쟁이 예견되는 것처럼

방비를 튼튼히 하고 군대를 소집하고 대비해야   20

평화가 계속된다 하더라도 나라가 약해지지 않습니다.

그러니까 모두 나서서

프랑스의 병들고 약한 부분을 시찰하는 것이 옳다고 생각됩니다.

그렇게 하되 조금도 두려운 기색이 없이 해야 합니다.

마치 영국인들이 성신강림 축제일에 모리스 춤을 추느라고   25

분주하다는 소식이라도 들은 듯이 말입니다.

폐하, 영국은 경박한 군주가 다스리고 있으며,

그 왕홀을 쥔 자는

어리석고 경솔하고 천박하고 변덕스러운 풋내기이니

폐하께서는 염려하지 않으셔도 됩니다.   30

총사령관   그렇지 않사옵니다, 왕세자 전하!

전하께서는 영국 왕을 너무나 오해하고 계십니다.

최근에 다녀온 사신들에게 물어보십시오.

영국 왕이 얼마나 당당하게 사신의 전언을 청취했는지,

또 훌륭한 조언자들을 얼마나 많이 거느리고 있는지,   35

또 이의를 제기할 때에는 얼마나 신중했는지를 말입니다.

그러면 그 영국 왕의 지난날의 경박함이

로마의 브루터스⁹의 위장처럼

어리석음을 가장하여 신중함을 가리고 있었다는 것을 아시게 될

  것입니다.

이른 봄에 싹이 나는 가장 연약한 식물의 뿌리를 40

정원사가 거름으로 덮어두는 것처럼 말입니다.

왕세자 아니, 그렇지 않습니다, 총사령관.

그렇다 하더라도 상관없어요.

방어할 때에는 적을 보이는 것보다

더 높이 평가하는 것이 최선이고, 45

그래야 방어에 필요한 병력을 완벽하게 갖출 수 있으니까.

푼돈을 아끼려고 방어 병력을 빈약하게 준비했다가는

작은 천 조각을 아끼다가 옷 한 벌을 다 망치는

수전노 꼴이 되고 마는 거요.

프랑스 왕 영국 왕 해리를 강력하다고 생각합시다. 50

그러니 경들, 그를 대적할 튼튼한 대비를 갖추어 주시오.

그의 조상은 이미 우리의 피 맛을 보았소.

영국 왕은 우리의 고국 땅에서 우리를 쫓던

잔인한 종족의 혈통을 이어받은 자요.

우리가 크레시의 전투에서 치명적인 패전을 당했을 때의 55

도저히 잊을 수 없는 치욕을 기억하시오.

그 때 귀족들은 모두

저주받을 이름, 웨일즈의 흑태자 에드워드의 손에 잡히지 않았소.

한편 그의 아버지는 저 산 위에 서서

금빛 햇살을 왕관 삼아서 60

미소를 지으며, 영웅적인 아들이

자연의 작품을 난도질하고, 신과 프랑스의 아버지들이

이십여 년을 가꾸어 온 인간의 귀감을 해치는 것을 보았던 거요.

지금 왕은 그 때의 승리자의 줄기에서 태어난 가지요.

그러니 그의 타고난 강인함과 행운을 경계해야 하오.   65

사자 등장

사자   영국 왕 해리의 사신들이

폐하께 알현을 청하고 있습니다.

프랑스 왕 곧 만나겠으니 즉시 들게 하라.

사자 퇴장

경들도 보다시피 맹렬하게 몰아치는군.

왕세자 적을 대적해 몰아치지 못하게 해야 합니다.   70

비겁한 개는 쫓고 있는 짐승이 멀리 도망갔을 때

더 사납게 짖어대니까요. 폐하,

영국군을 단번에 때려 부숴

폐하가 얼마나 위대한 나라의 왕인지 보여주는 겁니다.

자존심은 자신을 경멸하는 것처럼 나쁜 죄가 아닙니다.   75

엑시터 공작이 수행원들과 함께 등장

프랑스 왕 영국 왕이 보내서 왔소?

엑시터 그렇습니다. 영국 왕께서 폐하께 인사를 드립니다.

그 분은 전능하신 신의 이름으로

폐하께서 왕위에서 물러나시고

빌려가지신 영예를 내놓으시기를   80

바라고 계십니다. 그것은 하늘의 은총과

자연의 섭리 및 각 국가의 법에 의하여

영국 국왕과 그 분의 자손에 속하는 것입니다. 즉,

프랑스의 왕관과, 오랜 전통에 의한 법에 따라

왕관에 속하는 광범위한 명예를 말하는 겁니다.   85

이 요구는 사악하고 부당한 요구가 아니며,

오랜 세월 묵어서 벌레 먹은 옛 기록에서 수집하였거나

오랫동안 잊혀진 먼지투성이 속에서 끌어낸 것이 아니란 것을

　아실 겁니다.

영국 왕께서는 모든 세부 사항까지 명확하게 보여주는

이 기억할 만한 족보를 보내시고,   90

이것을 살펴보시기를 바라고 계십니다.

그리고 폐하께서 영국 왕이 선조 중에서도 가장 저명하신

에드워드 3세의 직계 후손이심을 인정하신다면,

이제 정당하고 올바른 계승자에게서

부당하게 찬탈한 왕관과 왕국을   95

그 분께 양도하시라는 어명이 있었습니다. (프랑스왕에게 문서를 준다)

프랑스 왕　그 명령에 따르지 않는다면?

엑시터　무력을 사용해서 강제로라도 할 것입니다. 폐하가 왕관을

　가슴속에 숨겨놓으신다 해도, 영국 왕께서는 그것을 찾아낼 것입

　니다.

그러므로 왕은 제우스신처럼 천둥과 지진을 일으키며 100
사나운 폭풍처럼 진격해 오고 계십니다.
정당한 요구가 받아들여지지 않는다면 무력으로 굴복시킬
것입니다.
그리고 국왕께서는 그리스도의 자비에 걸고 명하시오니
왕관을 양도하시고 불쌍한 백성들을
굶주린 아가리를 크게 벌리고 기다리는 전쟁으로부터 105
구하시랍니다. 아니면, 폐하의 머리 위에
이 전쟁이 삼킨 남편을 잃은 과부의 눈물이,
부모를 잃은 고아의 울부짖음이,
죽은 자의 피가,
사랑하는 애인을 잃은 처녀의 비탄이, 떨어질 것입니다. 110
이상이 영국 국왕의 요구요, 경고이며, 제 전갈이옵니다.
왕세자 전하께서 이 자리에 계신다면
그 분께도 전해 올리라는 전갈이 있습니다.

프랑스 왕 짐은 이 문제에 대해 좀 더 신중하게 생각해 본 후에
내일 영국 왕에게 뜻을 밝히는 답신을 주겠소. 115

왕세자 왕세자라면 바로 여기 있는 이 사람이요.
영국 왕의 전갈이 무엇이요?

엑시터 경멸과 도전, 모욕과 멸시,
그 밖에 위대한 왕이 보낼 수 있는 모든 말을
전하께 전하라고 하셨고, 다음과 같이 말씀하셨습니다. 120
전하의 부왕인 프랑스 왕께서

모든 요구를 완전히 받아들이고,

전하가 영국 왕에게 보낸 심술궂은 조롱을 누그러뜨리지 않는다면,

전하에게 쓰라린 대가를 치르게 하시겠답니다.

그리하여 프랑스의 동굴과 속이 빈 지하실이   125

폐하의 명령을 메아리쳐

전하의 잘못을 꾸짖고 전하가 보낸 경멸을 돌려보내겠다고 하십
    니다.

왕세자 나의 부왕께서 설사 듣기 좋은 답변을 하신다 해도

그것은 나의 뜻이 아니오. 내가 원하는 것은

영국 왕과 싸움하는 것 뿐. 그 때문에   130

젊은이의 경박함에 잘 어울리게

테니스공을 선물로 보냈던 것이오.

엑시터 그 대가로 영국 왕은 파리의 루브르 왕궁을 떨게 할 것입니다.

그것이 유럽에서 가장 큰 성이라 하더라도요.

왕자 전하께서 그 분의 미숙한 청년 시절과   135

그 분의 현재 모습의 차이를 분명히 깨닫게 될 것입니다.

우리 신하들도 그 차이에 놀라 감탄해마지 않습니다.

영국 왕께서는 시간을 한 순간도 낭비하지 않으십니다.

그 분이 프랑스에 머무르시게 되면,

왕세자 전하께서 패배를 통해 깨닫게 될 것입니다.   140

프랑스 왕 내일 짐의 의향을 충분히 알려 주겠소.

나팔의 화려한 팡파레

엑시터 되도록 빨리 돌아가게 해주시기 바랍니다. 그렇지 않으면

국왕께서 지체되는 이유를 물으시러 몸소 여기까지 오실지

모르니까요.

국왕께선 이미 이 나라에 상륙하고 계십니다.

프랑스 왕 정중한 답신과 함께 곧 돌아가게 해 드리겠소.   145

이렇게 중대한 문제를 결정하는데

하룻밤 사이란 너무 짧아 숨 돌릴 틈도 없소.

팡파레. 모두 퇴장

3막

코러스 등장

이렇게 하여 우리의 무대는 상상의 날개를 타고

생각만큼이나 빠르게 날아갑니다.

국왕께서 만반의 준비를 갖추고 서샘튼 부두에서

승선하시는 모습을, 그리고 위풍당당한 함대가

비단 깃발을 휘날려 떠오르는 아침 해에 부채질하고 있는 광경을   5

여러분께서 보신다고 상상하십시오.

자, 상상력을 발휘해서 보십시오.

지금 선원들이 대마의 줄사다리를 타고 올라가는 것을.

혼란스런 소음 속에 질서를 잡으려고

선장이 불어대는 날카로운 호각 소리를 들어보십시오.   10

가는 실로 만든 돛대들이

눈에 보이지 않게 살랑대는 바람을 안고,

거대한 배를 몰아 높은 파도를 헤치며

흰 줄기를 남기며 달리는 모습을 보십시오.

자, 여러분은 지금 해안에 서서   15

끊임없이 일렁이는 파도 위에 한 도시를

보고 있다고 생각하십시오.

위풍당당한 왕의 함대가 나타나서

하플뢰르로 향하고 있습니다. 자, 따릅시다.

그 함대의 선미에 마음을 묶어서   20

싸울 힘이 없어지거나 아직 힘이 생기지 않은

노인들, 어린애들, 노파들만이 지키는

한밤중같이 고요한 영국을 떠나 온 것입니다.

턱수염이 한 올이라도 난 사람 중에

엄격히 선발된 왕의 정예부대로서 25

프랑스로 따라 가지 않을 사람이 있겠습니까?

상상력을 발휘하여 포위 공격을 떠올려 보세요.

수레에 실려 온 대포가

포위당한 하플뢰르를 향해 무시무시한 포구를 겨누고 있는

　것을 보세요.

프랑스에서 돌아온 사신의 보고에 따르면 30

프랑스 왕은 보잘 것 없는 공작령 몇 개를 지참금으로 해서

그의 딸 캐서린을 영국 왕에게 주겠다고 제안했다 합니다.

영국의 왕은 그 제안이 마음에 들지 않아,

그래서 재빠른 포수가 가공할 대포에 불을 당깁니다.

전투 개시의 나팔이 울리고 대포가 발사된다.

이리하여 눈앞에 보이는 것들은 모두 파괴되고 말았습니다. 35

계속해서 관대하게 보아주시고,

여러분의 상상력으로 저희의 연기를 보충하여 주십시오.

퇴장

1장

나팔 소리. 공성용 사다리를 든 병사들,
헨리 왕, 엑시터, 베드포드, 글로스터 등장

헨리 왕 다시 한 번 저 돌파구로 돌격한다. 병사들이여, 한 번 더.

아니면 우리 영국군의 시체로 그 구멍을 막아 버려라.

평화 시에는 신중한 침묵과 겸손함이야말로

남자에게 어울리는 것이지만

일단 전쟁의 나팔 소리가 귓전을 때릴 때면   5

호랑이의 행동을 본받는 거다.

근육을 빳빳하게 하고, 피를 솟구치게 하고

순한 마음을 사납게 보이는 분노로 가장하라.

눈을 무섭게 보이도록 하라.

대포처럼 포문으로 노려봐라.   10

침식된 바위가 거친 바다의

파도에 깎인 토대 위에 튀어 나와 있듯이

사납게 눈썹을 치떠라.

이제 이를 악물고 콧구멍을 넓혀라.

숨을 힘껏 들이 마시고   15

용기를 최대한으로 고조시켜라.

전진하라, 영국의 귀족들이여,

그대들의 혈통은 전쟁에서 단련된 조상들로부터 이어받은 것이다.

그 조상들은 모두 알렉산더 대왕처럼

이 땅에서 아침부터 밤까지 싸웠으며,   20

싸울 적이 보이지 않게 되서야 비로소 칼을 칼집에 꽂았다.

너희 어머니의 정조를 욕되게 하지 말라.

너희들을 낳아준 아버지의 자식임을 증명하라.

이제 천한 혈통을 가진 것들에게 모범을 보여라.

그리고 싸우는 법을 가르치라. 그리고 너희 향사들이여.   25

영국에서 태어나 자란 너희들,

너희 조국의 용기를 보여라.

짐에게 너희들을 키운 보람이 있었다고 말하게 해다오. 짐은

　　의심치 않으니,

신분이 천한 자는 한 사람도 없으며

눈빛에 고귀함을 담고 있기 때문이다.   30

너희들은 지금 가죽 끈에 매인 사냥개같이

뛰어나가려고 기다리고 있다. 자, 사냥이 시작됐다.

용기를 북돋워 돌격하며 외쳐라!

'신이여, 해리 왕을 도우소서. 성 조지여, 영국에 승리를 가져

　　오소서.'

모두 퇴장

공격을 알리는 나팔 소리가 울리고, 대포 몇 발이 발사된다.

2장

같은 곳

님, 바돌프, 피스톨, 소년 등장

바돌프 돌격한다, 돌격, 돌격, 돌격, 돌격하라! 돌파구로, 돌파구로!

님 제발 가만 좀 있어, 하사. 이거 전투가 격렬한데, 난 목숨이 한 개
밖에 없다구.

문제는 너무 심하다는 거야. 분명한 사실이라구.

피스톨 전투가 너무 심하다는 네 말이 맞다. 여러 가지 사건이 일어나고 5
있으니.

총알이 오고 가면, 사람들은 죽게 마련이지.

그리고 칼과 방패는

피비린내 나는 전장에서

불멸의 명성을 얻네. 10

소년 내가 런던의 술집에 있다면 얼마나 좋을까! 맥주 한 동이와 목숨
의 안전만 보장된다면 명예 따위는 다 내놓겠다.

피스톨 나도 그래.

만약 나의 소원대로 된다면

나도 서둘러서 가겠다. 15

런던의 주막으로 말이야.

소년 당연히 그렇겠지.

가지 위에서 노래하는 새처럼

정직하지는 않지만.

플루얼렌 등장

플루얼렌 (피스톨, 바돌프, 님을 때리며) 돌파구로 돌진해라, 이 개들아!   20

     전진, 이 쓸모없는 놈들아!

피스톨 대위님, 흙으로 빚어진 인간들에게 자비를 베푸세요!

     화를 가라앉히세요. 그 대장부다운 화를 가라앉히세요.

     훌륭하신 대위님, 화를 가라앉히세요!

     훌륭하신 분, 화를 푸세요!   25

     관대한 마음을 가져 보세요.

님   젠장, 정말 대단하네! 저 양반 때문에 기분 잡쳤어!

소년만 남고 모두 퇴장

소년   난 아직 어리지만 저 세 허풍선이들의 속을 훤히 알아. 난 저들

     세 사람의 시종이지만 셋을 다 합쳐봤자 나 하나도 못 당하지. 정

     말이지 저런 광대들은 셋을 합해도 한사람 몫도 못 한다구. 바돌   30

     프는 겁쟁이인데다가 화를 잘 내고, 어디든지 뻔뻔스럽게 나서긴

     하지만 싸움은 안 하지. 피스톨은 입으로는 사람을 죽이지만 칼

     은 얌전하기 짝이 없으니, 그래서 악담을 내뱉지만 칼은 부서진

     데 하나 없이 온전하게 지키지. 님은 말수가 적은 자들이 최고의   35

     남자라는 말을 주워들어서, 남들이 비겁한 놈이라고 생각할까봐

기도의 말까지도 안 하지 뭐야. 그러나 나쁜 말을 적게 하는 대신 좋은 행동도 적게 한단 말이야. 그리고 남의 머리를 깨뜨렸다 하면 자기 골통도 깨뜨리는데, 그것도 술에 취해서 기둥에 부딪혀서라니까. 그 사람들은 서푼짜리라도 훔쳐 와서는 벌었다고 해. 바돌프는 악기 상자를 훔쳐서 육십 마일이나 들고 가선 겨우 서푼 반에 팔아먹었어. 님하고 바돌프는 좀도둑의 동지로서 칼레에서 석탄 부삽을 훔쳐 냈지. 그런 공훈을 세우는 것을 보고 난 그 사람들이 어떤 짓이라고 다 할 거라는 걸 알았어. 나보고 남의 주머니를 장갑이나 손수건 드나들듯이 잘 사귀어두라고 하지만, 그건 남자답지 못한 짓이야. 남의 주머니 것을 내 주머니에 넣는다는 건 부정한 방법으로 물건을 차지하는 거니까. 이젠 이 사람들과는 헤어지고 더 나은 주인을 찾아야지. 이들의 악랄한 짓은 내 약한 비위엔 맞지 않으니 없애 버려야지.

₄₀

₄₅

₅₀

퇴장

가우어 등장, 플루얼렌을 만난다.

가우어 플루얼렌 대위, 어서 갱도로 가봐. 글로스터 공작님께서 찾으시네.

플루얼렌 갱도로? 공작님께 말씀드려. 갱도로 가는 것은 좋지 않다고 말이야. 자 보게, 그 갱도는 병법에 맞지 않게 되어 있다니까. 함몰 부분이 충분하지 않다구. 자 보게, 적군이 우리 갱도의 바로 4야드 아래에 대적 갱도를 파 놓았다니까. 공작님께 말씀드리게. 예수님께 맹세하고 말하지만 제대로 지시하지 않으면 우리 군은 모

₅₅

조리 다 날아가고 만다니까.

가우어 이 포위 작전 지휘자는 글로스터 공작인데 사실 아주 용맹한 한 60
아일랜드 사람에게 지휘를 맡기셨네.

플루얼렌 맥모리스 대위가 아닌가?

가우어 그런 것 같네.

플루얼렌 예수 그리스도에 맹세하지만 그 자는 이 세상에서 제일가는 바
보야. 그 자 수염에 들이대고 증명할 수가 있다네. 병법에 대해선 65
진짜 아무것도 몰라. 자 보게, 로마 병법에 대해선 강아지보다도
모른다니까.

맥모리스와 제이미 대위 등장

가우어 저기 그 친구가 온다. 스코틀랜드 군의 지휘관인 제이미 대위도
함께.

플루얼렌 제이미 대위는 매우 용감한 장교야. 그건 확실하다구. 고대 병법 70
에 대해선 머리가 잘 돌아가고 지식도 많아. 작전을 수행하는 걸
보고 잘 알 수 있다니까. 예수 그리스도에 걸고 맹세하는데 이 세
상 어느 군인도 로마인들의 고대 병법에 대해선 그를 따를 자가
없을 거라구.

제이미 잘 있었나, 플루얼렌 대위. 75

플루얼렌 좋은 저녁이네, 제이미 대위.

가우어 웬일인가, 맥모리스 대위! 갱도 공사는 중단했나? 공병들이 포기
한 건가?

맥모리스 예수 그리스도에 걸고 정말로 갱도는 잘못 됐어. 공사는 포기

하구, 퇴각의 나팔을 불었다구. 이 손과 아버지의 영혼에 걸고 말 80
하는데, 완전히 망했다네. 나 같으면 한 시간 이내에 저 도시를
폭파시킬 수 있었을 텐데. 어이쿠! 완전한 실패였네.

플루얼렌 맥모리스 대위, 한 가지 부탁할 것이 있는데, 괜찮다면 당신과
병법, 특히 로마 병법에 대해서 토론을 해 보고 싶소. 논쟁 형식
으로, 그리고 호의적인 대화로 말이요. 병법의 지시 사항에 대해서 85
인데 내 마음을 만족시키기 위해서요. 그게 요점이요.

제이미 아주 좋은 생각이네. 둘 다 훌륭한 대위들이니까, 아주 좋아. 괜
찮다면 기회를 보아 나도 한 몫 끼게 해 줘. 정말 좋지 않은가.

맥모리스 예수 그리스도에 걸고 말하는데, 지금은 토론이나 할 때가 아
니야. 날씨도 덥고, 기후도, 전쟁도, 왕도, 공작들도 모두 달아 올 90
랐어. 토론이나 하고 있을 때가 아니란 말이지. 우리는 도시를
포위중이며, 나팔은 돌파구로 진격하라고 불어대고 있는데, 우리
는 예수 그리스도에 걸고 맹세하는데, 이렇게 잡담이나 하면서
아무 일도 하지 않고 있으니. 우리 모두의 수치다. 가만히 있는
건 정말 수치야. 이 손에 걸고 맹세하지만 수치란 말이야. 적의 95
목도 베어야 하고, 할 일도 많은데, 아무 일도 하지 않고 있다니,
허참!

제이미 미사에 두고 맹세하지만, 내 눈을 감기 전에 훌륭한 일을 해 보이
겠다. 그렇지 못하면 땅에 누워 버리는 거다. 난 하느님께 목숨을 빚 100
지고 있어. 그래서 용감하게 갚을 거야. 반드시 그럴 거야. 이게
요점이야. 그래도 두 사람의 토론을 꼭 듣고 싶었는데.

플루얼렌 맥모리스 대위, 모르긴 하나 왕의 군대에는 당신 나라 사람이

그리 많지는 않을 거야.

맥모리스 우리나라가 어쨌다구? 우리 아일랜드인이 어떻다는 거야? 악당 105
이란 말인가? 후레자식이란 말인가? 불량배란 말인가, 불한당이
란 말인가? 내 나라가 어쨌다는 거야? 어떤 놈이 우리나라를 가
지고 왈가왈부하는 거야?

플루얼렌 이봐, 당신이 내 말을 오해한다면, 맥모리스 대위, 그건 내게
당연히 갖추어야 할 예의를 갖춰 대하지 않는 거야. 보시오, 나도 병 110
법에 있어서나 가문에 있어서나 그 밖에 다른 점에 있어서도 당
신 못지않게 훌륭한 사람이오.

맥모리스 당신이 나만한 사람인지 아닌지는 내 알 바 아니요. 예수 그리
스도에 걸고 맹세하는데 당신 목을 베어버리겠소.

가우어 이보시오. 둘 다 오해하고 있소. 115

제이미 아, 그건 몹쓸 짓이지.

나팔소리가 들린다.

가우어 성에서 휴전 협정 회담을 알리는 나팔소리를 울리는군.

플루얼렌 맥모리스 대위, 적당한 기회가 있으면 내가 병법에 대해 잘 알
고 있다는 걸 당당히 가르쳐 줄 테니 그리 알고 있으라구, 그게
다야. 120

모두 **퇴장**

3장

같은 곳. 성문 앞

시장과 사람들이 성벽 위에 등장. 뒤이어 헨리 왕과 신하들이 성문 앞에 등장

헨리 왕 하플뢰르의 시장은 어떤 결정을 하였는가?

이것이 짐이 받아들이는 최후의 협상이다.

그러니 짐의 관대한 자비에 몸을 맡기든지

아니면 영광스럽게 죽음을 맞이하려는 자답게

도전하여 우리가 최악의 상황까지 가도록 하여라. 군인인 나는,   5

내 생각에도 내겐 군인이 잘 어울리는데,

일단 포격을 시작하면

하플뢰르의 시가 잿더미에 묻힐 때까지

중간에 공격을 그만두지는 않을 것이다.

자비의 문은 모조리 닫히고,   10

난폭하고 잔인한 사나운 병사들이

피를 보려는 억제할 수 없는 잔인함으로 떠돌며,

양심을 지옥의 아가리처럼 크게 벌려,

너희들의 순결하고 아름다운 처녀들과 꽃봉오리 같은 아기들을

  풀을 베듯 베어버릴 것이다.

사악한 이 전쟁이   15

악마들의 왕자 같은 화염으로 휘감고

추악한 형상으로 파괴와 황폐를 동반하는

온갖 무자비한 행위를 한다 해도 내가 무슨 상관인가?

너희들의 탓으로 순결한 처녀들이

욕정에 불타는 난폭한 폭행자의 손에 떨어진다 해도   20

나와 무슨 상관이 있는가?

방탕한 사악함이 사납게 언덕의 내리막길을 질주할 때,

어떤 자가 그 고삐를 잡아당길 수 있겠는가?

성난 병사들이 도시를 약탈하기 시작하면

그들에게 명령을 내리는 것은   25

바다의 고래보고 육지로 올라오라고 명령하는 것과 같이 헛된

  일이다.

그러니 하플뢰르의 시민들이여,

당신들의 도시를, 그리고 거기 사는 백성들을 불쌍히 여겨

병사들이 나의 통솔 하에 있는 동안,

냉정하고 절제 있는 자비의 바람이   30

무서운 살인과 강탈과 악행의

더럽고 전염성이 있는 구름을 흩어버릴 수 있는 지금 자비를

  구하도록 하라.

그렇지 않으면, 단숨에

닥치는 대로 살육하는 병사들이 음탕한 손으로

비명 지르는 딸들의 머리카락을 질질 끌며 능욕을 하고   35

아버지들의 은빛 수염을 잡아 당겨

점잖은 머리를 벽에다 박살을 낼 것이며,

벌거벗은 갓난아기들을 창끝에 꽂으니,

미쳐 날뛰는 어미들의 울부짖음은

피를 찾아 헤매는 헤롯왕의 도살자를 보고   40

유대인 여인들이 그랬듯이 하늘을 찢을 것이다.

자, 너희의 답이 무엇인가?

항복을 하여 이 참상을 면할 것인가,

아니면 저항하여 죄를 짓고 멸망을 할 것인가?

시장   저희들의 기대는 오늘 끝나고 말았습니다.   45

저희가 도움을 요청하였더니 왕세자 전하는

이렇게 큰 포위를 풀만한 병력이 없다는

회답을 보냈습니다. 그러므로 위대한 왕이시어,

이 도시와 시민의 목숨을 폐하의 관대한 자비에 맡기나이다.

입성하시어 저희들의 목숨과 재물을 처분하시기 바랍니다.   50

저희들은 더 이상 방어할 능력이 없습니다.

헨리 왕   성문을 열어라.

시장 퇴장

자, 엑시터 숙부님,

어서 하플뢰르로 입성하십시오. 그 곳에 머무시며

프랑스군의 공격에 대비하여 수비를 강화해 주세요.   55

그리고 시민들에게는 자비롭게 대해 주십시오.

숙부님, 겨울이 오고 있고 병사들이 병들어 있으니

저는 칼레로 물러나 있겠습니다.

오늘밤에는 숙부님의 손님으로 하플뢰르에 머물고,

내일 아침엔 행군할 채비를 하겠습니다.   60

나팔의 화려한 팡파레. 왕과 일행들 입성

4장

루앙. 프랑스 왕궁

캐서린 공주와 늙은 시녀 앨리스 등장

캐서린 앨리스, 너는 영국에 있었으니까 영어를 잘 하겠지?[10]

앨리스 조금 합니다. 공주님.

캐서린 그럼 좀 가르쳐 줘. 영어를 배워야 하니까. 영어로 손을 뭐하고 하지?

앨리스 손이요? 드 핸드입니다.   5

캐서린 드 핸드. 그럼 손가락은?

앨리스 손가락이요? 어쩌나! 잊어 버렸네요. 하지만 생각날 거예요. 손가락? 제 생각에 드 휭거르즈 인 것 같은데요. 네 맞아요. 드 휭거르즈예요.   10

캐서린 손은 드 핸드, 손가락은 드 휭거르즈, 나 훌륭한 학생이지? 단어 둘을 금방 배웠으니까. 그런데 손톱은 뭐라고 하지?

앨리스 손톱말이예요? 드 넬즈라고 합니다.

캐서린 드 넬즈. 한번 들어봐요. 잘 하거든 얘기해줘. 드 핸드, 드 휭거르즈, 드 넬즈.   15

앨리스 잘 하셨어요, 공주님. 정말 훌륭하십니다.

캐서린 영어로 팔을 뭐라 하지?

앨리스 드 아름이예요, 공주님.

캐서린 그럼 팔꿈치는?

앨리스 드 엘보입니다. 20

캐서린 드 엘보. 지금까지 배운 말을 다 복습해 볼게.

앨리스 제 생각엔 너무 어려울 텐데요, 공주님.

캐서린 그럴까. 앨리스, 들어봐. 드 핸드, 드 횡거르즈, 드 넬즈, 드 아름,
드 빌보.

앨리스 드 엘봅니다, 공주님. 25

캐서린 어머나, 깜박 했네. 드 엘보, 목은 뭐하고 하지?

앨리스 드 넥이랍니다, 공주님.

캐서린 드 넥, 그럼 턱은?

앨리스 드 친입니다.

캐서린 드 신. 목은 드 닉, 턱은 드 신. 30

앨리스 예. 실례지만 공주님의 발음은 영국 사람처럼 정확하십니다.

캐서린 나는 신의 은총으로 짧은 시간에 영어를 배울 수 있을 것 같아.

앨리스 제가 가르쳐 드린 걸 벌써 잊어버리시진 않으셨겠죠?

캐서린 천만에, 다시 해 볼까. 드 핸드, 드 횡거르즈, 드 멜즈,

앨리스 드 넬즈입니다, 공주님. 35

캐서린 드 넬즈, 드 아름, 드 일보.

앨리스 실례지만 드 엘보입니다.

캐서린 그럼 말해볼게. 드 엘보, 드 닉, 그리고 드 신. 발하고 잠옷은 뭐지?

앨리스 발은 드 후트, 잠옷은 드 카운입니다.

캐서린 드 후트와 드 카운[11]! 기가 막혀! 무슨 말들이 그렇게 상스럽고 거 40

칠고 고약할까, 점잖은 부인들이 쓸 만한 말이 못 돼. 프랑스의 귀

족 앞에선 절대로 그런 말 못 하겠네. 세상에! 드 후트며 드 카운

이 뭐야! 그래도 배운 걸 한 번 더 복습해 볼까. 드 핸드, 드 휭 거

르즈, 드 넬즈, 드 아름, 드 엘보, 드 닉, 드 신, 드 후트, 드 카운. 45

앨리스 아주 잘 하십니다, 공주님!

캐서린 한 번에 이만하면 됐지 뭐. 저녁 먹으러 가지.

모두 퇴장

5장

같은 장소

프랑스 왕, 프랑스 왕세자, 브리타니 공작, 프랑스군 총사령관 등 등장

프랑스 왕 헨리 왕이 솜므 강을 건넌 것은 확실하다.

총사령관 만약 우리가 공격을 안 한다면,

　　　　　프랑스에서 살지 않겠습니다. 모든 것을 버리고

　　　　　우리의 포도밭도 저 야만인들에게 내줍시다.

프랑스 왕세자 오, 살아 있는 신이여!　　　　　　　　　　　　　　5

　　　　　우리의 선조들이 버린 정욕의 찌꺼기에서 생겨난 것들이,

　　　　　들에 핀 야생의 줄기에다 접붙이고 생겨난 잔가지들이

　　　　　갑자기 구름 속까지 싹을 뻗어 올라가서

　　　　　원래의 줄기를 내려다보다니!

브리타니 노르만인이긴 하지만 그 자들은 사생아의 노르만인이고,　　10

　　　　　노르만인의 사생아들에 불과합니다!

　　　　　소신의 목숨에 걸고 맹세하는데, 만약 그 자들이 아무런 저항도

　　　　　　받지 않고

　　　　　진격해 오게 되면, 신은 차라리 공작령을 팔아 치우고

　　　　　저 보기 흉한 알비온섬[12]의

　　　　　축축하고 습지 많은 더러운 농토라도 사야 되겠습니다.　　　　15

총사령관 전투의 신이여! 도대체 그들은 어디서 그런 용기를 얻었습니까?

기후는 안개가 심하고 춥고 습기 차며,

태양마저도 악의를 품은 듯 창백하게 찡그려서,

과일도 죽게 하지 않습니까? 끓는 물,

그리고 혹사당한 말이나 먹는 약, 영국 놈들의 맥주로   20

그들의 차가운 피를 뜨거운 용기로 끓어오르게 할 수 있단 말입
　니까?

그리고 포도주로 생기를 찾은 우리들의 싱싱한 피가

이렇게 얼어 버릴 수 있습니까? 오, 우리나라를 구하기 위해서라도,

더욱 피가 찬 인간들이 우리의 비옥한 땅에서 용감하게 땀방울을
　흘리고 있는데

우리가 초가지붕에 매달린 고드름처럼 늘어지지 맙시다.   25

이 땅이 비겁한 주인을 낳았기 때문에 불쌍하다고 할 수밖에 없
　네요.

프랑스 왕세자　신앙과 명예를 걸고 말하지만

우리나라 부인들은 우리를 비웃고 있고

우리의 용기가 다 빠졌다고 공공연히 말하며

젊은 영국 병사의 욕정에 몸을 맡기어   30

이 프랑스를 그들 사생아의 천지로 만들려 한단 말이요.

브리타니　우리한테 영국의 무용 학교에 가서

높이 뛰는 라볼타 춤이나, 속도가 빠른 코란토 춤을 가르치라고
　합니다.

우리의 장기는 높이뛰기이며   35

도망가는 데 선수라고 말입니다.

프랑스 왕 전령관 몽조이는 어디 있느냐? 즉시 영국 왕에게 보내서

우리의 신랄한 도전장을 던지고 오라 해라.

경들이여, 분기하라. 명예로운 용기를 칼날보다

더 날카롭게 갈아, 전장으로 달려가라.   40

프랑스의 최고 총사령관 샤를르 드 라블레스,

오를레앙, 부르봉, 베리,

알랑송, 브라방, 바르, 버건디,

작끄 샤티용, 랑브레, 보드몽, 보몽,

그랑프레, 루씨, 포콩브리, 후아,   45

레스트렐, 부시코, 샤롤레 공작,

그 밖의 대공작들, 남작들, 귀족들, 기사들에게 알리노니

경들의 고귀한 칭호를 위해 큰 치욕을 없애 버려야 한다.

하플뢰르의 피로 물든 깃발을 들고,

우리의 국토를 헤집는 영국 왕 해리를 막아내시오.   50

녹은 눈이 골짜기를 휩쓸듯이,

영국의 군대를 급습하라. 알프스가 낮은 골짜기에

눈사태를 퍼붓듯이

경들은 충분한 힘을 가졌으니 해리를 내리치라.

잡아 전차에 태워   55

포로로 루앙으로 끌고 오라.

총사령관   위대하신 폐하다운 결단이십니다.

적군의 병력이 소수이고,

병사들이 행군 중에 병들고 굶주려 있는 것이 안쓰럽습니다.

해리가 우리 군대를 만나게 되면 분명히　　　　　　　　　60

가슴이 공포의 웅덩이에 빠져,

싸워서 승리를 거두는 대신 배상금을 바치겠다고 할 것입니다.

프랑스 왕　그러니까 총사령관, 서둘러 몽조이를 보내

영국 왕에게 배상금을 얼마나 낼 것인지를

알기 위해 그를 보냈다고 전하라.　　　　　　　　　　65

왕세자, 너는 짐과 함께 여기 루앙에 있거라.

왕세자　아닙니다, 폐하. 소자를 출전하게 해 주십시오.

프랑스 왕　안 된다. 너는 짐과 함께 있어야 한다.

자, 총사령관, 그리고 경들, 출전하시오.

영국 왕이 패배했다는 소식을 어서 가져다주시오.　　　70

모두 퇴장

6장

영국 대위 가우어와 웨일즈 대위 플루얼렌이 만난다.

가우어 플루얼렌 대위 아닌가, 다리에서 오는 길인가?

플루얼렌 타리[13]에서 굉장한 군사작전이 있었다네.

가우어 엑시터 공작은 무사하신가?

플루얼렌 엑시터 공작은 아가멤논 못지않게 고결한 분이시지. 난 영혼과   5
마음과 의무와 생명, 그리고 수입과 있는 힘을 다해 공작을 사랑
하고 존경한다네. 공작은 신의 은총으로, 털끝하나 다치지 않고
뛰어난 전술로 용감하게 저 다리를 지키신다네. 그 타리에는 기
수인 중위가 한 사람 있는데, 낸 생각엔 마크 안토니 못지않게 용   10
감하지. 아직은 사회적 지위는 없지만, 난 뛰어난 공을 세운 걸
봤지.

가우어 이름이 뭔가?

플루얼렌 피스톨이라고 하데.   15

가우어 난 모르겠는데.

기수 피스톨 등장

플루얼렌 바로 저 사람이야.

피스톨 대위님, 부탁이 하나 있습니다.
엑시터 공작님께서는 대위님을 무척 좋아하시지요.   20

플루얼렌 그렇지. 신에게 감사할 일이지만, 나는 그 분의 사랑을 받을 만
도 하지.

피스톨 튼튼하고 건전한 정신과

쾌활한 용기를 가진 바돌프라는 병사가 25

잔인한 운명과 변덕스러운 운명의 수레바퀴 때문에,

쉴 새 없이 굴러가는 돌 위에 서 있는

눈먼 여신 말이지요.

플루얼렌 잠깐만, 기수 피스톨, 운명의 여신이 머플러로 눈을 가리고 있
는 것으로 그려진 것은 운명이 장님이란 걸 나타내기 위해서요. 30
또 여신이 수레바퀴를 돌리고 있는 것처럼 묘사된 것은, 이게 바
로 교훈이지만, 운명은 돌고, 변화무쌍하고, 변덕스럽고 가지각색
이라는 것을 나타내기 위한 거요. 그리고 운명의 여신의 발은 둥
근 돌 위에 고정되어 있는데, 그 돌은 구르고, 구르고, 또 구른단 35
말이요. 정말로 그 시인은 아주 훌륭하게 묘사했소. 운명의 여신
이야말로 훌륭한 상징적 인물이지.

피스톨 운명의 여신은 바돌프의 적이요, 그에게 인상을 쓰고 있다구요.

성상패 하나 훔쳤다고

교수형을 당해야 한다니, 저주받을 놈의 교수형! 40

교수대는 개를 매다는 거지, 사람은 아니지.

교수대의 밧줄이 바돌프의 숨통을 끊게 할 수는 없소!

몇 푼 안 되는 성상패 때문에

사형선고를 받았다오.

그러니까 가서 말씀 좀 해주시오. 공작님이 당신 청이라면 들어 45

줄 테니까.

그 서푼짜리 밧줄과 사악한 문책으로

바돌프의 목숨이 끊어지지 않게

대위님이 나서 그 사람 목숨 좀 살려주시오.

내 보답하겠소.   50

플루얼렌 기수 피스톨, 이야기는 대충 알아들었네.

피스톨 그럼 기뻐해도 되겠네요.

플루얼렌 아니, 기수. 이건 기뻐할 일이 아니야. 그 사람이 내 형제라 해
도 난 공작께 뜻대로 처형하시라고 청할 것이네. 군기는 지켜져
야 하는 것이니까.   55

피스톨 지옥에나 떨어져라! 당신하곤 이제 절교다!

플루얼렌 할 수 없지.

피스톨 엿 먹어라.   (퇴장)

플루얼렌 좋도록 해.

가우어 뭐야. 저놈은 악명 높은 사기꾼 악당 아닌가. 이제 생각났네. 뚜 60
쟁이에다가 소매치기라구.

플루얼렌 내가 확신하는데 그 자가 아깐 타리에서 분명히 정말 멋지게
큰 소릴 치고 있었다구. 하지만 상관없고. 그 놈이 내게 뭐라고
해도 괜찮아. 때가 오면 본때를 보여줄 테니까.

가우어 그러게. 그 놈은 바보, 천치, 건달이란 말이야. 때때로 그런 놈들이 65
전쟁에 나가는 건 병사랍시고 런던에 돌아가서는 몸값을 높여 보
려는 거지. 게다가 저런 놈들은 높은 지휘관 이름을 훤히 알고 있
다구. 어디서 어떻게 싸웠는지 알아서 떠들어 댄단 말이야. 어느 70

요새에서 어땠었고, 어느 돌파구에서, 또 어느 부대에서 누가 용
감히 싸웠고, 누가 창에 맞았고, 누가 망신을 당했고, 그리고 적
이 어떤 조건을 요구했는지 등등 말이지, 거기에 최신 유행 말투
에 군사용어를 써가며 완벽하게 외워댄단 말이지. 게다가 장군   75
님[14]처럼 턱수염을 길러가지고, 추레한 군복을 입고 맥주 거품이
이는 술자리에서 술에 찌든 자들한테 어땠을지 생각만 해도 대단
하다구. 저렇게 당대에 치욕을 주는 자들을 구별해낼 수 있어야
하지, 그렇지 않으면 큰 실수할 수 있단 말이야.   80

플루얼렌 이것 봐, 가우어 대위. 나도 저자가 안과 밖이 다른 인간이라는
것은 알고 있었어. 다음에 그 놈 정체를 폭로할 기회만 있으면 혼
을 내줄테야.

북소리가 들린다

북소리가 들리는군. 국왕 폐하가 오시는 모양이네. 폐하께 타리
의 전황을 보고 드려야겠네.   85

북과 군기를 앞세우고 헨리 왕과 글로스터, 그리고 남루한 병사들 등장

플루얼렌 국왕 폐하 만세!

헨리 왕 오 플루얼렌! 다리에서 왔는가?

플루얼렌 예, 그렇습니다. 폐하, 엑시터 공작께서는 용감하게 타리를 지
키셨습니다. 프랑스군은 후퇴해 버렸습니다. 가장 용감한 전투였   90
습니다. 적군이 타리를 점령하고 있었지만 후퇴하지 않을 수 없

게 되어 엑시터 공작께서 다리를 접수하셨습니다. 공작은 참으로
용감하신 분이십니다.

헨리 왕 몇 사람이나 전사했는가, 플루얼렌?　　　　　　　　　　　95

플루얼렌 척군의 손실은 매우 컸습니다. 상당히 컸습니다. 우리 편에는,
교회에서 도둑질을 해서 공작님께서 사형선고를 내린 한 명을 빼
고는 한 사람도 손실이 없나이다. 그 자는 바돌프라는 자인데 폐
하께서도 아실지 모르겠지만 얼굴은 부스럼투성이에 여드름에, 100
사마귀에, 불타는 듯이 붉은 색입니다. 입으로 코를 후 불면 그
코는 석탄불처럼 파래졌다 빨개졌다 합니다. 하지만 그 코가 사
형을 당하면 불도 꺼질 것입니다.

헨리 왕 그런 범죄자는 모두 처단해야 한다. 짐은 분명히 명령했다. 우리 105
군대가 이 나라를 행군하는 동안 마을 사람들한테서 아무것도 약
탈하지 말 것, 값을 치르지 않고는 아무것도 빼앗지 말 것, 어느
프랑스인에게도 불손한 말로 비난하거나 모욕하지 말라고. 관대함
과 잔인함이 한 왕국을 얻기 위해 시합을 한다면 친절한 선수가 110
이기는 법이니까.

나팔의 취주. 몽조이 등장

몽조이 제 옷차림을 보시면 저의 직분을 알아보시겠지요.

헨리 왕 그래, 알겠다. 내게 전할 말은 무엇인가?

몽조이 저희 국왕의 의중입니다.　　　　　　　　　　　　　　　　115

헨리 왕 말해 보거라.

몽조이 프랑스 국왕은 이렇게 말씀하셨나이다. "영국의 해리 왕께 전하

여라. 짐이 죽은 것처럼 보였겠지만, 실은 잠들었던 것에 불과하
다. 때를 기다리는 것은 경솔한 것보다 나은 전술이다. 하플뢰르 120
에서 그를 저지할 수도 있었지만, 종기가 완전히 곪기 전에 짜는
것은 좋지 않다고 생각한다. 이제 짐은 때가 되어 천명하노니, 지
금 짐의 목소리는 최고 위엄을 지니는 것이다. 영국 왕은 자신의
어리석음을 뉘우치고, 자신의 약점을 알아 짐이 보여준 인내심을 125
경탄하여야 할 것이다. 그러므로 영국 왕은 배상금을 바치도록
하라. 그것은 짐이 입은 손실, 짐이 잃은 신하들, 짐이 당한 모욕
을 보상할 만한 것이어야 한다. 하나 이를 모두 갚으려면 영국 왕
의 빈약한 재정으로는 부족할 것이다. 짐의 손실을 갚기에 그의
금고는 너무 빈약하다. 우리가 흘린 피는 영국의 백성 전부가 갚 130
는다 해도 부족할 것이다. 짐이 받은 굴욕은 영국 왕이 몸소 짐의
발밑에 무릎을 꿇는다 해도 충분치 않을 것이다. 그러니까 짐은
도전을 선언하는 바이다. 영국 왕에게 전하여라. 결국 그는 그의
신하들을 파멸로 이끌어 지옥에 떨어지게 했노라"고. 이렇게 프
랑스 국왕이 말씀하셨으며, 소인의 임무는 이것입니다.   135

헨리 왕 너의 이름은 무엇인가? 직책은 알겠다만.

몽조이 몽조이옵니다.

헨리 왕 너는 임무를 훌륭히 수행했다. 이제 돌아가
          너의 왕께 이렇게 전하라.
          나는 지금 프랑스와 싸우려 하지 않고
          방해만 받지 않는다면 칼레로 행군할 계획이다.   140
          이쪽보다 능력 있고 군사적으로 우위에 있는 적에게

이렇게 솔직히 말하는 것은 현명한 일은 아니나,
사실은 짐의 병사들은 병들어 쇠약해져 있고
그 숫자도 줄어들어 몇 안 되는 병사들이   145
같은 수의 프랑스 병사보다 나을 것도 없다.
잘 들어라, 전령. 나의 군사가 건강했을 때는
내 생각엔 영국 병사 한 사람이
프랑스인 세 사람을 당할 수 있다.
오, 신이여. 제가 호언장담한 것을 용서하소서!   150
프랑스의 공기 때문에
나까지 이렇게 물들었나보다. 뉘우쳐야겠다.
그러니 돌아가서 너의 왕께 이렇게 전하라.
나의 배상금은 약하고 쓸모없는 몸뚱이뿐이며,
나의 군대는 허약하고 병든 병력이라고.   155
그러나 프랑스 왕과 그 이웃나라의 왕들이
가로막더라도 짐은 신의 가호를 얻어
진격을 할 거라고 말하라.

금화주머니를 준다

몽조이, 이것은 너의 수고 값이다.
돌아가서 너의 주군에게 신중히 생각하라고 전하라.   160
짐이 이 땅을 통과할 수 있다면 할 것이다. 만약 우리 행군을
　방해한다면
이 황갈색의 땅을 너희들의 붉은 피로

물들게 할 것이다. 자, 몽조이. 잘 가거라.

짐의 답변의 요점은 이것이다.

지금의 형편으로는 구태여 싸움을 구하지는 않겠으나,   165

피하지도 않을 것이다.

그렇게 너의 왕에게 전하여라.

몽조이 그리 전하겠사옵니다. 감사합니다. 폐하.

퇴장

글로스터 저들이 당장 공격해 오지는 않았으면 좋겠습니다.

헨리 왕 동생, 우리의 운명은 그들의 손이 아니라, 신의 손에 달렸다.   170

자, 다리를 향해 진군한다. 밤이 다가온다.

다리 건너에서 야영하고,

날이 밝으면 진군하는 거다.

모두 퇴장

7장

아진코트에서 가까운 프랑스군 진영

프랑스군 총사령관, 프랑스의 귀족 랑브레 경,
오를레앙 공작, 프랑스 왕세자 등 등장

총사령관 아, 내 갑옷은 이 세상에서 제일 좋은 것인데. 어서 날이 밝았
으면 좋겠다!

오를레앙 훌륭한 갑옷이구 말구요. 하지만 제 말도 칭찬 좀 받아야지요.

총사령관 그야 유럽에서 제일가는 명마지.   5

오를레앙 날이 밝을 기미는 없는가?

프랑스 왕세자 오를레앙 공작과 총사령관께서는 말과 갑옷 자랑중이신
가요?

오를레앙 전하께서는 말과 갑옷을 세상 어느 군주 못지않게 최고로 갖추 10
셨지요.

프랑스 왕세자 무슨 밤이 이렇게 길담! 그런데 난 네 발로 달리는 어떤
말하고도 내 말을 바꾸지 않을 거요. 하! 그 말은 머리털처럼 가
볍게 높이 뛰어 올라가요. 콧구멍에서 불을 뿜으며 하늘을 나는
말, 페가수스! 말을 타면 난 매처럼 날아올라요. 말은 공중을 달리 15
지. 땅에 발이 닿으면 대지는 노래를 부른다오. 제일 보잘 것 없
는 발굽소리도 헤르메스의 피리소리보다 더 훌륭한 음악이지.

오를레앙 색깔은 붉은 갈색이죠.

프랑스 왕세자 그리고 뜨거운 활기를 지니고 있소. 페르세우스에게 어울 20
리는 말이지. 그 말은 순수하게 공기와 불로 만들어져서, 흙과 물
의 둔한 기질은 기수가 안장에 오를 때 기다리는 동안을 빼고는
전혀 찾아볼 수 없어요. 이것이 진정한 말이고 다른 말들은 모두 25
야수에 불과할 것이요.

총사령관 왕세자 전하의 말이야말로 실로 흠잡을 데 없는 명마입니다.

프랑스 왕세자 그건 승마용 말 중의 왕자요. 그 울음소리는 군주의 호령
같고, 그 위용은 머리를 숙이게 하니까.

오를레앙 이제 그만 하시지요, 전하.   30

프랑스 왕세자 아니, 아침부터 저녁까지 하루 종일 나의 말을 다양하게
칭찬하지 못한다면 재치가 부족하다 할 수 있지. 내 말이야말로
바다처럼 풍부한 주제가 되니까. 만약 모래알 한 알 한 알이 유창
한 혀가 된다 해도 내 말은 그 모두의 주제가 될 수 있단 말이요.
이거야말로 군주가 논할 만한 주제요, 왕 중의 왕이 타야 할 말이 35
요. 우리가 익숙한 세상에서든 모르는 세상에서든 모든 사람들이
자기의 할 일을 제쳐 놓고 찬양해야 할 만한 말이란 말이요. 예전
에 난 이 말을 칭찬하는 소네트를 한 편 썼는데 이렇게 시작해요.
"자연의 경이로움이여!"
40

오를레앙 연인에게 바치는 소네트가 그렇게 시작하는 걸 들은 적은 있습
니다.

프랑스 왕세자 그건 아마 내가 준마를 위해 지은 시를 따라 했을 걸. 내
말은 내 애인이니까.

오를레앙 전하의 애인은 전하를 잘 태워줍니다.   45

프랑스 왕세자 날 잘 태운다는 것은 칭찬이고, 한 사람만을 위하는 충실한 애인의 완벽함이지.

총사령관 그런데 어제 전하의 애인이 안장 위에 탄 전하를 심술궂게 흔들어 대는 것 같던 데요.

프랑스 왕세자 총사령관의 애인도 그랬을걸. ₅₀

총사령관 제 말은 굴레도 없는 걸요.

프랑스 왕세자 오, 그럼 그 말이 늙어서 온순했던 모양이군. 그래서 장군은 프랑스식 타이즈는 벗어버리고 아일랜드의 농부들처럼 맨 다리로 올라탄 게 아니요?

총사령관 전하께선 승마에 대해 일가견이 있으십니다. ₅₅

프랑스 왕세자 그러니까 말을 들으시라구요. 그렇게 조심성 없이 탔다가는 더러운 늪에 빠지기 십상이라구요. 난 차라리 내 말을 애인으로 삼겠소.

총사령관 소장은 기꺼이 별 볼일 없는 계집을 애인으로 갖겠습니다.

프랑스 왕세자 이봐요, 총사령관. 내 애인은 가발[15]이 아니라 자기털이 ₆₀ 있어.

총사령관 제가 암퇘지를 애인으로 가졌다 해도 그런 자랑은 할 수 있겠는데요.

프랑스 왕세자 '개는 자기가 토한 것으로 되돌아가고, 암퇘지는 씻은 몸도 진흙 속에 굴린다'더니 총사령관은 뭐든지 다 이용하는군. ₆₅

총사령관 하지만 소신은 말을 애인으로 삼거나, 또는 그렇게 상관없는 격언을 써먹지는 않습니다.

랑브레 총사령관, 어제 밤 제가 군막에서 본 그 갑옷에 장식된 건 별인가

요, 태양인가요? ⁷⁰

총사령관 별이지요.

프랑스 왕세자 그 중 몇 개는 내일 떨어지지 않을까요.

총사령관 그래도 소장의 갑옷엔 별이 부족하지 않을 겁니다.

프랑스 왕세자 그럴지도 모르지. 어차피 당신은 필요 이상 많은 별을 달고 있으니까, 몇 개 없어지는 게 오히려 영예가 될 지도 모르지. ⁷⁵

총사령관 전하의 말도 전하의 자랑을 달고 있으니까 몇 개 떨어버려도 마찬가지로 잘 달릴 것입니다.

프랑스 왕세자 난 내 말이 받아야 할 칭찬을 더 실어버리고 싶은데! 한데 날이 언제나 밝을 것인가? 내일 아침엔 1마일을 달려 내가 가는 ⁸⁰ 길에 온통 영국군의 시체로 깔아 놓겠다.

총사령관 소신은 그런 말은 하지 않겠습니다. 혹시나 제가 체면을 구기게 될지도 모르니까요. 어쨌든 아침이 되면 좋겠습니다. 영국군의 머리를 때려 부수고 싶으니까.

랑브레 누가 나하고 포로 스무 명 잡기 내기 안 하겠습니까? ⁸⁵

총사령관 잡기도 전에 자기가 포로가 되지 않도록 조심해야지.

프랑스 왕세자 한밤이야, 가서 무장을 해야겠네. (퇴장)

오를레앙 전하께선 아침을 몹시 기다리시는군.

랑브레 영국군을 때려잡고 싶으시겠지. ⁹⁰

총사령관 아마 한 명도 못 잡으실걸.

오를레앙 내 애인의 흰 손에 걸고 말하는데 전하께선 용감한 분이지.

총사령관 그 애인 발에 걸어 맹세하시지. 그래야 맹세를 발로 밟아버릴 게 아닌가. ⁹⁵

오를레앙 전하께서는 프랑스에서 가장 활발하게 활동하는 분이시지.

총사령관 활동이야 하시지. 언제나 하고 계시니까.

오를레앙 내가 듣기에는 해를 끼쳤다는 얘기는 전혀 없었는데. 100

총사령관 그야 내일도 해를 끼치진 않을 거구. 그 명성만은 언제나 유지
  하시겠지.

오를레앙 전하가 용감하시다는 건 알아요.

총사령관 당신보다 더 잘 아는 사람에게서 들었어요.

오를레앙 누구지요? 105

총사령관 실은 전하 자신이 그랬어. 어느 누가 알아도 상관없다고 하시
  면서.

오를레앙 그럴 거요. 세상 사람들이 다 아니까요.

총사령관 천만에요. 아무도 몰라요. 전하의 용기를 아는 사람은 두들겨 110
  맞는 하인밖에 없어요. 그 용기는 잘 감추어져 있다가 만약 사람
  눈에 띄면 사라져 버린다니까.

오를레앙 '악의를 품으면 결코 좋은 말을 하지 않는다'.

총사령관 '친구 사이에도 아첨이 있다'란 속담으로 되받아 치겠소.

오를레앙 그럼 '악마도 할 말은 있다'라고 대답하지. 115

총사령관 제대로 걸렸소. 당신의 친구 왕자가 악마라는 셈이야. 그렇다
  면 그 속담의 표적은 '염병이나 걸려라'군.

오를레앙 '바보의 화살이 먼저 나간다'고 하듯이 당신의 속담이 나보다
  한 수 높군요.

총사령관 당신의 화살은 과녁을 빗나갔어요.

오를레앙 이번이 처음은 아니지만 화살이 장군을 스쳐지나갔을 거요. 120

사자 등장

사자   총사령관님, 영국군은 아군 진영에서 천오백 걸음도 안 되는 곳
에 있습니다.

총사령관   누가 거리를 쟀나?

사자   그랑프레 경이십니다.

총사령관   그 분은 용감하고 매우 노련한 분이오. (사자 퇴장)   125
어서 날이 밝아라. 아, 가련한 영국 왕 해리! 우리처럼 아침이 오는
걸 기다리지 못하겠지.

오를레앙   그 영국 왕이란 자는 참으로 한심하고 어리석은 사람이지, 알
지도 못하는 이 먼 곳까지 둔해 빠진 부하들을 데리고 무턱대고
오다니.   130

총사령관   영국군이 조금이라도 상황을 이해한다면 도망갈 텐데.

오를레앙   당연히 못하지요. 그 자들 머리통에 조금이라도 지혜가 있다면
그 무거운 투구를 쓸 수는 없을 테니까.

랑브레   그 영국이란 섬은 아주 용감한 동물을 키우더군요. 그들의 마스
티프는 비할 데 없이 용감한 개입니다.   135

오를레앙   어리석은 똥개들, 눈을 감고 러시아 곰의 입속에 뛰어들어서
썩은 사과처럼 머리통을 으스러뜨려 버린다구요! 하긴 사자의 입
술에 붙어 피를 빠는 벼룩을 보고 용감하다고 하는 거나 마찬가
지지요.   140

총사령관   맞아요. 그 놈들이 지혜는 마누라에게 맡겨 놓고 사납게 쳐들
어오는 게 마스티프 개를 닮았군. 그들에게 쇠고기나 잔뜩 주고

쇠붙이를 주면, 늑대처럼 처먹고 악마처럼 싸울 걸.

오를레앙 그래요. 그렇지만 영국군에겐 쇠고기가 다 떨어졌어요.

총사령관 그럼 내일이면 알게 됩니다. 그들이 식욕만 있지 싸울 의욕은

없다는 걸. 자, 무장할 시간입니다. 시작해 볼까?   145

오를레앙 벌써 두 시다. 하지만 가만 있자, 열 시면 우리 모두는 영국군

을 백 명씩 잡을 거다.

모두 퇴장

4막

코러스 등장

살금살금 기어오는 속삭임과 뚫어지게 응시하는 어둠이

거대한 우주를 채우고 있는 이 시각을

이제 상상해 보십시오.

이 진영에서 저 진영으로 밤의 어두운 동굴을 타고

양측 군대의 중얼거림이 조용히 울립니다.   5

그래서 보초들은

상대방의 비밀스런 속삭임을 거의 알아들을 수 있습니다.

모닥불은 모닥불을 비추고, 그 창백한 불꽃 속에

적군의 암갈색 얼굴을 서로 바라봅니다.

군마는 군마를 위협하며, 높이 뽐내는 울음소리가   10

밤의 둔한 귀를 꿰뚫고 있습니다. 군막에서는

갑옷 제작자들이 기사들의 갑옷투구 손질의 마무리를 하느라

못을 박는 부지런한 망치질이

전투 준비의 무시무시한 경고로 울립니다.

농가의 수탉들이 울고, 시계종이 울려,   15

잠에 취한 새벽 세 시를 알리고 있습니다.

병력을 자랑하며 자신에 차

승리를 굳게 믿고 있는 오만한 프랑스군은

깔보는 영국군을 걸고 주사위 게임을 하고 있으며,

그리고 추악한 마녀처럼 발을 절며 지루하게 오는   20

절룩거리는 밤의 느린 걸음을 꾸짖고 있습니다.

죽을 운명에 처한 영국군은

제물로 바쳐진 동물처럼 모닥불 곁에

말없이 앉아 밤을 새며

내일 아침에 닥칠 위험을 마음속에 곰곰이 생각하고 있습니다.   25

그들의 처량한 모습은 움푹 팬 볼과 전투에 닳은 외투를 감싸고,

달빛에 무수한 소름끼치는 유령처럼 보입니다.

오, 이 초췌한 무리의 대장인 왕이

보초에서 보초로, 군막에서 군막으로

시찰하는 모습을 본 사람은 누구든지   30

"폐하의 머리에 찬미와 영광을 내려 주소서!"라고 외치도록 하시오.

이처럼 왕은 모든 병사들을 찾아다닙니다.

왕은 친근한 미소를 지으며 그들에게 아침 인사를 하고,

그들을 형제들, 친구들, 동포라고 부릅니다.

무서운 적군에게 포위당해 있는데도   35

얼굴에는 전혀 내색하지 않습니다.

또 밤을 새워 지쳐 있으면서도

얼굴에는 전혀 그런 기색이 없습니다.

쾌활한 모습과 상냥한 위엄을 지니고

생기 있게 보이며 피로함을 억누릅니다.   40

그래서 이전에는 얼굴이 창백하고 수척했던 가엾은 병사들도

국왕의 모습을 보고 그 얼굴에서 위안을 받습니다.

왕의 자비로운 눈길은 태양빛처럼

모두에게 은혜를 고루 나누어 주고,

얼음과 같이 차가운 공포를 녹아 없어지게 합니다.   45

그래서 지위 고하를 막론하고 모든 병사들은
보잘 것 없는 펜을 들어 묘사하는
그날 밤 해리왕의 모습을 바라봅니다.
이제 장면은 전장으로 날아갑니다.
전장이라곤 하지만, 슬프도다! 우스꽝스런 싸움판에서 50
허름한 싸구려 칼 너덧 자루를 어설프게 휘둘러 대는 것뿐이니,
아진코트의 이름을 욕되게 할까 걱정입니다.
이 흉내 내기로 진짜 전쟁 장면을 상상하며
앉아서 관람해 주십시오.

퇴장

1장

아진코트의 영국군 진영

헨리 왕과 글로스터 등장하여 베드포드를 만난다.

헨리 왕 글로스터, 아군이 큰 위험에 빠져있는 것은 사실이다.
그러니 용기를 더 내야 할 것이다.
좋은 아침이네, 베드포드. 아, 신은 전능하시지!
나쁜 것에도 좋은 점이 들어 있으니까,
사람들이 잘 관찰해서 그 좋은 점을 알아내야 할 거야.   5
우리의 못된 이웃도 우리를 일찍 일어나게 하지 않는가.
그건 건강에도 좋고 살림살이에도 도움이 되지.
게다가 그들은 우리 외부의 양심이어서,
우리가 최후를 맞기 위해서 충분히 준비를 하도록
훈계하는 설교자이기도 하지.   10
이렇게 해서 우리는 잡초에서도 꿀을 따고
악마에게서도 도덕적 교훈을 얻을 수가 있다네.

기사 어핑엄 등장

좋은 아침이오, 토머스 어핑엄 경!
경의 백발머리엔 프랑스의 막 자란 풀밭보다

푹신한 좋은 베개가 더 나았을 텐데. ¹⁵

어핑엄 그렇지 않습니다. 폐하. 이 숙소가 더욱 마음에 듭니다.

"이젠 왕도 부럽지 않게 눕다"고 할 수 있으니까요.

헨리 왕 다른 사람의 좋은 행동을 본떠서

현재의 고통을 소중히 여기는 것은 좋은 일이요.

그렇게 하면 마음도 편해지고 ²⁰

마음이 자극을 받으면 분명히

예전엔 죽어있던 신체의 기관들이

잠들었던 무덤을 깨고 나와

낡은 껍질을 벗어 버리고 새롭게 다시 활동하는 것이요.

토머스 경, 그 외투를 좀 빌려주시오. 그리고 동생들은 둘 다 ²⁵

우리 군막의 귀족들에게 내 안부를 전하라.

그들에게 아침 인사를 하고 모두 곧 나의 막사로 오라고 일러주게.

글로스터 예, 알겠습니다. 폐하.

어핑엄 소신이 모실까요?

헨리 왕 아니요, 토머스 경. ³⁰

내 동생들과 함께 귀족들에게 찾아가 주시오.

잠시 마음속에 생각해 볼 일이 있으니.

그리고 혼자 있고 싶소.

어핑엄 하늘에 계신 주님, 해리 왕에게 축복을 내려 주소서!

헨리 왕 좋은 말씀 고맙소! ³⁵

왕을 제외하고 모두 퇴장

피스톨 등장

피스톨 거기 누구냐?

헨리 왕 같은 편이요.

피스톨 그럼 똑똑히 대답하라. 넌 장교냐?

그렇지 않으며 일반 병사냐?

헨리 왕 하사관이요. 40

피스톨 그럼 억센 창을 끌고 다니겠군?

헨리 왕 그렇소. 당신은 누구요?

피스톨 신성 로마제국 황제 못지않은 신사요.

헨리 왕 그럼 당신은 우리 국왕보다도 높은 분이군.

피스톨 우리 국왕은 멋진 사내에다 마음씨도 상냥하지. 45

혈기왕성한 청년이요, 명성이 자자한 젊은인데다

집안도 좋고, 주먹도 세고

난 그 분의 더러운 구두에라도 입을 맞추겠소.

난 진심으로 그 청년을 좋아 하니까. 그런데 당신 이름은 뭐요?

헨리 왕 해리 르 로이[16]요. 50

피스톨 르 로이? 콘월 지방 이름이군. 당신은 콘월 출신이요?

헨리 왕 아니요. 난 웨일즈 사람이요.

피스톨 그럼 플루얼렌을 아시오?

헨리 왕 알고 있소.

피스톨 그 자한테 전하시오. 성 데이비드 제일에 55

그 놈 모자에 꽂고 있는 부추로 골통을 부숴준다고.

헨리 왕 그날은 당신도 모자에 단검을 꽂지 마시오. 그 사람이 그걸로 당신 머릴 박살내지 않도록.

피스톨 당신은 그 자의 친구요?

헨리 왕 친척이기도 하오. 60

피스톨 그럼 당신도 엿 먹어라!

헨리 왕 고맙소. 그럼 잘 가시오.

피스톨 내 이름은 피스톨이라고 해. (퇴장)

헨리 왕 너같이 사나운 놈한테 잘 어울리는 이름이군.

플루얼렌과 가우어가 서로 다른 쪽에서 등장

가우어 플루얼렌 대위! 65

플루얼렌 제발, 조용히 좀 하게나. 이 세상에서 가장 놀랄 만한 일은 진정한 고대 병법과 전쟁의 원칙이 지켜지지 않고 있다는 거야. 당신이 위대한 폼페이의 병법을 연구해보면 알겠지만, 실제로 폼페이의 진영에선 어리석은 잡담질은 전혀 없었단 말이야. 내가 보 70 증하겠는데 정말이지 전쟁의 의식이나 그 대상, 형식 및 진지함과 소박함 등이 다르다는 걸 알게 될 거다.

가우어 하지만 적군은 시끄럽게 떠들어대는 걸. 밤새도록 그 소리가 들리지 않는가.

플루얼렌 적이 멍청이고, 수다스러운 바보라고 해서 우리도 역시 바보 75 멍청이고 조잘대는 머저리가 되어야 한단 말인가? 네 양심에 걸고 말해봐.

가우어 낮은 소리로 얘기하겠네.

플루얼렌 제발 그렇게 좀 해줘. 80

가우어와 플루얼렌 퇴장

헨리 왕 비록 좀 괴상한 데는 있지만

이 웨일즈인은 조심성도 용기도 있는 것 같다.

세 사람의 병사 존 베이츠, 알렉산더 코오트, 마이클 윌리엄즈 등장

코오트 이봐, 존 베이츠, 저쪽에 동이 트는 게 아닌가?

베이츠 응 그렇군. 우리가 날이 밝기를 기다릴 이유는 없지만.

윌리엄즈 저쪽에서 날이 새는 게 보이지만 해가 지는 건 절대로 못 보게 85
될 거다. 넌 누구냐?

헨리 왕 같은 편이다.

윌리엄즈 어느 대장 아래 있는가?

헨리 왕 토머스 어핑엄 기사 밑에 있네.

윌리엄즈 그 분은 훌륭한 노지휘관이지. 그리고 매우 친절하시고. 그런데 90
토머스 경은 상황을 어떻게 파악하고 계시는가?

헨리 왕 모래톱 위에 난파한 선원들의 처지 같아. 다음에 조수가 오면
씻겨 내려갈 거라구.

베이츠 그런 생각을 폐하께 말씀드렸는가? 95

헨리 왕 안 했어. 폐하께 알리는 건 타당치 않아. 난 왕의 천한 백성에
불과하지만, 왕도 나 같은 인간에 지나지 않아. 제비꽃이 내게 향
기로운 것처럼 왕에게도 향기로운 것이고. 하늘도 나와 똑같이
보일 거구. 그 분의 모든 감각도 인간의 특징 그대로지. 외면을 100
장식하는 표식을 떼고 벌거숭이가 되면 그도 하나의 인간에 불과

할 테지. 국왕의 감정은 우리보다 더 높이 올라갈지 모르지만, 내려올 때에는 같은 날갯짓으로 내려올 거야. 그러니까 국왕도 우리처럼 두려워할 이유를 갖는다면, 틀림없이 우리의 공포와 같은 105 성질의 공포를 느낄 거야. 그런 이치로 볼 때 아무도 왕에게 두려운 마음을 전달하면 안 되지. 왕이 두려움을 내색하면 군대 전체의 사기를 떨어뜨리게 될 테니까.

베이츠 왕께선 겉으로는 아무리 용기를 보이더라도 아마 마음속으론 이 110 렇게 추운 날 밤에 차라리 템즈 강에 목까지 담그고 있는 편이 낫다고 생각하실 걸. 나도 왕이 그러시는 게 낫다고 생각하고 그 분도 내가 그러길 바라실 거야. 그러니까 여길 빠져 나갈 수 있다면 난 어떤 위험이라도 감수하겠다구.   115

헨리 왕 나는 확신하는데 국왕께선 지금 계신 곳 말고는 아무 데도 가고 싶다고 생각하지 않으실 거야.

베이츠 그럼 국왕 혼자 여기 계시라고 하지. 그러면 폐하께선 분명히 몸 값을 내고 풀려나실 테고 많은 불쌍한 병사들이 목숨을 건질 수 있을 것 아닌가.   120

헨리 왕 내 생각으로는 당신이 왕을 사랑하고, 그래서 나쁜 마음으로 왕께서 여기 혼자 계시길 바란다고 생각하진 않아. 단지 사람들의 마음을 떠보려고 하는 말이겠지. 난 왕과 함께라면 어디서라도 기꺼이 죽을 수 있소. 그 분의 전쟁 목적은 정당하고 명분도 올바른 것이니까.   125

윌리엄즈 그건 우리가 알 바 아니지.

베이츠 그래. 알려고 할 필요도 없지. 우린 왕의 신하라는 것만 알면 충분하니까. 만약 왕의 명분이 잘못이라 하더라도 우리는 왕에게 복종만 하면 우리의 죄는 다 없어진다구.   130

윌리엄즈 그렇지만 왕의 명분이 그릇된 것일 경우 왕은 청산할 게 많아 지는 거지. 최후의 심판일에 전쟁에서 잘린 다리랑 팔이랑 목이 한데 모여 "우린 이런 장소에서 죽었다"고 모두 외칠 테니까. 어 떤 사람은 욕을 하고, 어떤 사람은 외과 의사를 불러 달라 하고, 어떤 사람은 고향에 돈 한 푼 없이 남기고 온 마누라를, 어떤 사 135 람은 그들이 진 빚을, 어떤 사람은 남겨둔 어린 자식을 불러 대면 서 말이야. 전장에서 죽는 사람 치고 기독교도답게 죽는 자는 별 로 없을 텐데, 서로의 피를 흘리는 게 일인 전쟁터에서 누가 자 비심을 베풀 수 있겠냔 말이지. 그래서 이 사람들이 죄를 회개하 140 지 못하고 죽는다면 그들을 전쟁터로 끌어낸 왕한테 불명예가 되 는 셈이지. 그들로서야 복종하지 않는 것은 신하의 도리가 아니 니까.

헨리 왕 그렇다면 만약 아버지가 장사 심부름 보낸 아들이 배를 타고 가 다 회개할 틈도 없이 바다에서 죽는다면, 아들의 죄의 책임은 당 145 신 말대로라면 그를 보낸 아버지에게 있다는 말인가. 또 주인의 명을 받고 어떤 하인이 돈을 가지고 가다가, 강도에게 습격당해 죄를 많이 지은 상태로 죽는다면 그 하인을 지옥에 가게 한 장본 인은 일을 시킨 주인이라는 거지. 그러나 사실은 그렇지가 않아. 왕 150 은 병사들 개개인의 죽음에 대해 책임이 없단 말이지. 아버지가 아들의 죽음에 대해 책임이 없고, 주인이 하인의 죽음에 대해서 책임이 없듯이 말이야. 그들이 일을 시킬 때는 그 사람들이 죽음을 당하라고 시킨 것은 아니니까. 게다가 아무리 왕의 명분이 깨끗하다 하더라도 칼로 승부를 결정하는 마당에 죄 없는 병사들만 155 전쟁에 내보낼 수는 없지 않은가. 그 중에는 어쩌면 미리 계획을 세워 살인을 범한 자도 있을 것이고, 엄숙한 맹세를 깨고 처녀를 농간한 자도 있을 것이며, 또 절도나 강도짓으로 양민의 선량한 가슴에 상처를 내고 전쟁을 방패삼아 나온 자들도 있을 것이다. 이런 자들이 법을 어기고 나라의 형벌에서 도망치고 있지만 인간 160 의 손을 피할 수는 있어도 신으로부터 도망칠 수 있는 날개를 가질 수는 없다. 전쟁은 신의 처벌이요, 신의 복수이기 때문에 전에 왕의 법률을 위반한 자는 그것 때문에 지금 왕이 일으킨 전쟁에서 벌을 받는 것이다. 그러니까 사람이 죽음을 두려워해서 그것을 피해서 살아나기도 하지만, 안전할 것 같다가 죽는 경우도 있지. 따 165 라서 그런 자들이 참회도 하지 못하고 죽더라도 그들이 지옥에 가는 것이 왕의 잘못은 아니란 말이다. 그들이 예전에 저지른 죄 때문에 지금 벌을 받더라도, 마찬가지로 왕은 그 죄에 대해 책임이 없어. 모든 신하의 의무는 왕께 바치지만, 각자의 영혼은 자신의 것이란 말이지. 그러니까 전쟁에 나간 모든 병사는 병석에 누워 170 있는 환자처럼 자기의 양심의 모든 오점을 씻어 버려야 해. 그렇게 죽으면 죽음이 이득이 될 수 있고, 죽지 않으면 마음의 준비를 하느라 보낸 시간은 축복이 되는 거라네. 그리고 죽음을 면한 자는 죄를 고백하고 자신을 온전히 신에게 맡겼기 때문에, 목숨을 건 175 져 주신 신의 위대함을 깨닫고 그리고 다른 이들에게 준비의 중요성을 가르쳐주게 한 것을 생각하면 그건 죄가 아닐 것이다.

윌리엄즈 그건 확실히 그럴 것이다. 회개도 없이 죽는 자는 그 죄의 대 ₁₈₀
가는 자기가 받아야지, 왕이 책임을 질 수야 없지.

베이츠 난 왕이 내 죄의 책임을 지기를 바라지는 않아. 그래도 왕을 위해
있는 힘을 다해 싸울 작정이야.

헨리 왕 난 직접 들었는데, 왕은 배상금을 내지 않겠다고 하시던데.

윌리엄즈 그건 우리로 하여금 용감하게 싸우도록 하기 위해서야. 그러나 ₁₈₅
우리 목이 잘리는 날에는 왕이 배상금을 낸들 우리가 알 수가 없
지 않소.

헨리 왕 내가 살아서 그런 꼴을 보게 된다면 다시는 왕의 말을 믿지 않
을 것이다.

윌리엄즈 그럼 합당한 벌을 줘야지! 딱총나무에서 나온 총알만큼이나 위 ₁₉₀
험하겠는걸. 하찮은 일개 병사가 왕에게 불만을 토로해 봤자. 차라
리 공작새의 깃털로 태양에 대고 부채질을 해서 얼게 해보는 게 나
을 걸. 다시는 왕의 말을 믿지 않겠다구! 바보 같은 소리 집어치워.

헨리 왕 당신 질책은 너무 무례하군. 전시만 아니라면 화를 내겠다. ₁₉₅

윌리엄즈 당신이 살아남게 되면 둘이 결투를 하자.

헨리 왕 받아들이겠다.

윌리엄즈 너를 어떻게 알아보지?

헨리 왕 네가 도전의 증표를 주면 모자에 달고 다니겠다. 네가 그걸 알 ₂₀₀
아보게 되면 결투를 받아들이겠다.

윌리엄즈 여기 내 장갑이 있다. 네 건 날 줘.

헨리 왕 여기 있다.

서로 장갑을 교환한다.

윌리엄즈 나도 이걸 모자에 달겠다. 내일 이후에 네가 와서 "이건 내 장
갑이다"라고 하면 따귀를 한 대 갈겨 주지. ₂₀₅

헨리 왕 살아서 이 장갑을 보게 된다면 나도 도전하겠다.

윌리엄즈 차라리 목매달려 죽는 게 나을 거다.

헨리 왕 좋아. 그 때 네가 왕과 함께 있다 하더라도 꼭 상대하겠다.

윌리엄즈 약속은 지켜라. 잘 가게.

베이츠 싸우지 말라구. 이 바보들아, 영국인들끼리 싸우지 마. 너희들이 생 ₂₁₀
각이 좀 있다면 프랑스만 상대하기도 벅차다.

헨리 왕 사실이지 프랑스군은 목 하나에 20개의 금화를 걸고서 우리를
이기려고 할 것이다. 그 놈들은 매독에 걸려서 벗겨진 대머리를
어깨 위에 얹고 다니더군. 그러나 프랑스군의 머리를 베어도 영
국인에게는 죄가 되지 않지. 내일은 왕 자신도 그 목을 자르러 나 ₂₁₅
갈 것이다.

병사들 퇴장

왕의 책임이라! '우리의 목숨도, 영혼도,
빚도, 근심 많은 아내도,
아이들도, 모든 죄도 다 왕에게 떠맡긴다!'
짐이 모든 책임을 져야 한다. 오, ₂₂₀
왕의 지위와 쌍둥이처럼 함께 태어난 어려운 처지로구나.
자기의 고통밖에는 아무것도 느끼지 못하는

수많은 바보들의 입에 오르내려야 하고,

평민들이 누리는

무한한 마음의 평화를 왕들은 얼마나 포기해야 하는지! ²²⁵

또 의식과 의례적인 과시를 제외한다면

왕이 가진 것 중에 평민이 갖지 못한 것이 무엇이란 말이냐?

그런데 의식이란 우상은 과연 무엇이냐?

너를 숭배하는 인간들보다 인간의 고통을

더 겪어야하는 넌 어떤 종류의 신이란 말이냐? ²³⁰

너의 소작료는 얼마냐? 그리고 너의 수입은 얼마냐?

아, 의식이여, 너의 가치를 내게 보여 다오!

숭배 받는 너의 본질은 무엇이냐?

타인에게 경외심과 두려움을 일으키는

지위, 계급, 격식이 아니면 무엇이란 말이냐? ²³⁵

그렇다면 두려움을 받고 있는 너는

두려워하는 자보다 행복하지 않다는 말인가?

네가 자주 마시고 있는 것은 달콤한 존경심이 아니라,

독이 든 아첨 아닌가? 오, 위대한 왕이여, 어디 병들어서

의식으로 하여금 너를 낮게 해보라! ²⁴⁰

불덩이 같은 열이 아첨의 입김이 불어내는

존경으로 식을 거라고 생각하느냐?

무릎을 꿇고 몸을 낮게 굽힌다고 열이 식겠는가?

네가 거지를 무릎 꿇게 할 수는 있지만

그 건강한 무릎을 너의 것으로 만들 수 있겠는가? ²⁴⁵

아니, 왕의 휴식을 교묘하게 조종하는 너, 오만한 꿈인 의식,
너의 정체를 알아낸 나는 왕이니라. 그리고 나는
성유도, 왕홀도, 보주도, 보검도, 권표도, 왕관도,
금실과 진주로 엮어 짠 왕의 옷,
왕의 이름 앞에 늘어놓는 거창한 존칭,   250
왕이 앉는 왕좌도, 이 세상의 높은 암벽을 때리는
밀물 같은 화려한 겉치레도,
아니, 이 모두를 모아놓은 매우 호화로운 예식,
이 모두를 모아 군주의 침상에 늘어놓아도
미천한 노예와 같이 깊은 잠에 빠질 수는 없음을 알고 있다.   255
힘들게 일해서 얻는 음식으로 배를 가득 채우고,
홀가분한 마음으로 잠드는 노예는
지옥의 자식인 무서운 밤을 절대 알지 못하고,
해가 떠서 질 때까지 태양신 피버스의 눈앞에서
땀을 흘리는 마부처럼   260
밤새도록 낙원 같은 잠을 즐기고,
다음날 날이 새자마자 다시 일어나서 태양신 하이페리온의
마차를 몰아 죽을 때까지 유익한 노동으로
멈추지 않는 시간을 따라간다.
의식을 제외하고는   265
낮엔 힘들여 열심히 일하고, 밤에는 곤히 잠을 자는
그런 미천한 자들이
왕보다 높은 지위에 있고 더 이득을 누리지 않는가.

나라의 평화를 누리는 노예는

그것을 즐기고 있으면서도 그 둔한 머리로는   270

왕이 평화를 유지하기 위해 백성들이 단잠을 자는 시간에도

얼마나 밤을 새워야하는지 알 수 없는 것이다.

어핑엄 등장

어핑엄 폐하, 귀족들이 폐하께서 안 보이시는 것을 걱정하여

　　　　진중을 샅샅이 수색하고 있습니다.

헨리 왕　　　　　　　　　　어핑엄 경,   275

　　　　모두 내 막사 앞에 모이도록 하시오.

　　　　내 먼저 가 있겠소.

어핑엄　　　　　　　예. 그리 하겠습니다.

퇴장

헨리 왕　(무릎을 꿇고)

　　　　오, 전쟁의 신이여. 병사들의 마음을 강철같이 굳게 해주소서.

　　　　공포심에 사로잡히게 하지 마소서.   280

　　　　그들의 계산 능력을 빼앗아 가시어

　　　　적군의 수가 그들의 용기를 잃게 하지 않도록 하소서.

　　　　오! 신이시여, 오늘만은

　　　　부왕이 왕관을 차지하기 위해 저지른

　　　　죄를 생각하지 마소서.   285

저는 리처드 2세의 시신을 새로 매장했습니다.

그리고 그 시신으로부터 흘러나온 피보다도

더 많은 참회의 눈물을 그 위에 뿌렸습니다.

오백 명의 가난한 자들에게 연금을 주어

그들은 하루 두 번씩 말라빠진 두 손을 하늘로 쳐들고   290

흘린 피를 용서해 달라고 빌고 있습니다. 또 저는

두 개의 교회를 세워 그 곳에서 엄숙한 신부들이

리처드왕의 영혼을 위해서 끊임없이 기도하고 있습니다.

비록 제가 한 일이 아무것도 아니라도

결국 용서를 바라는 저의 참회가 따르는 이상   295

그보다 더 많은 것도 하겠습니다.

글로스터 (안에서) 폐하!

헨리 왕 (일어서며)   동생 글로스터의 목소리인 것 같은데?

글로스터 등장

그래, 왜 왔는지 알겠다. 같이 가자.

이 날도, 우리 편도 모두가 나를 기다리고 있구나.   300

두 사람 퇴장

2장

프랑스 군의 진영

프랑스 왕세자, 오를레앙공작, 랑브레 등장

오를레앙 태양이 우리의 갑옷을 금빛으로 물들이고 있다. 경들, 말을 타시오!

프랑스 왕세자 말을 타라! 내 말, 마부는 어디 있는가!

오를레앙 오, 용감한 기상이십니다!

프랑스 왕세자 자, 가자! 물과 땅은 비켜라!

오를레앙 그것뿐입니까? 바람하고 불은요?   5

프랑스 왕세자 하늘도 넘고, 오를레앙 공!

총사령관 등장

아, 총사령관!

총사령관 들어보십시오, 군마들이 출전하자고 울어댑니다!

프랑스 왕세자 말에 올라 가죽이 찢어지게 박차를 가하라.

뜨거운 피가 영국군의 눈에 뿜어져서   10

그 넘쳐흐르는 용기로 그들의 눈을 멀게 할 것이다. 하!

랑브레 아니, 놈들의 눈에서 말들의 피를 흘리게 하시렵니까?

그러면 놈들의 진짜 눈물은 어떻게 보지요?

사자 등장

사자   프랑스 귀족 여러분, 영국군은 전투태세로 정렬하였습니다.

퇴장

총사령관   자, 말을 타시오. 용감한 귀족들이여, 어서 말을 타시오!   15
저기 저 가련하고 굶주린 적군을 한번 보시오.
경들의 멋진 모습을 한번 보기만 해도 그들은 혼이 빠져
껍데기만 남은 꼴이 될 거요.
우리 군대가 모두 나갈만한 일거리도 없을 것이며
그들의 병약한 혈관에는   20
우리가 빼어든 칼을 얼룩지게 할 충분한 피도 없을 테니까.
그래서 우리 프랑스의 용사들은 오늘 검을 뽑았다가도
싸울 적이 없어서 칼집에 도로 넣을 테지. 우리 그들을 그냥 불어
   버립시다.
우리의 용맹한 입김이 그들을 쓰러뜨릴 것이오.
경들, 반대하는 사람 누구도 없겠지만   25
할 일 없이 우리 군대 안에 우글거리는
마부들이나 농부들만 가지고도
이 형편없는 적군을 전장에서 없애버리기에 충분할 테니,
우린 산기슭에서 한가하게 구경이나 하면 되겠지.
하지만 우리 명예로 보아 그럴 수는 없지. 그럼 어찌한다?   30
아주 조금만 해보는 거요.

그럼 만사는 끝나고 마는 거지. 자, 나팔수에게 명령하여
말에 타라는 신호의 나팔을 울리게 하라.
우리 병사들이 진격하여 전장을 놀라게 하면
영국 왕이 공포에 질려 웅크리며 항복할 테니까. 35

그랑프레 백작 등장

그랑프레 왜들 이리 지체하고 계십니까? 프랑스의 귀족 여러분.
저 섬나라의 시체들은 이제 목숨에 대한 희망도 버리고
동이 트는 전장에 있는 모습이 꼴불견입니다.
누더기가 된 그들의 군기들이 초라하게 내걸려 있어
이 땅의 바람이 경멸하는 양 그것들을 흔들어 주고 있소. 40
용맹한 전쟁의 신 마르스도 이 거지꼴의 무리에서는 파산한 듯
녹슨 투구 사이로 힘없이 내다보고 있습니다.
기병들은 고정된 촛대처럼
손에 횃불대를 들고 앉아 있고,
불쌍한 말들은 고개를 숙이고 가죽과 엉덩이는 늘어진 채 45
죽은 듯 흐린 눈에선 눈곱이 줄줄이 떨어지며,
감각이 없이 힘없는 입에선 이음매가 있는 재갈이
씹어 먹던 풀로 더러워진 채 움직이지도 않고 달려 있어요.
그들의 시체 처리자인 악당 까마귀들은
그들이 죽기를 애타게 기다리며 그 위를 날고 있습니다. 50
이렇게 죽은 듯이 살아 있는 군대의 모습을
있는 그대로 묘사하기에는

어떤 말로 해도 충분치 않습니다.

총사령관 그들은 기도를 마치고 죽음을 기다리고 있소.

프랑스 왕세자 그들에게 식사와 새 옷을 보내주고 55

굶주린 말들에게 먹이를 준 다음에 싸워볼까?

총사령관 난 내 군기가 오기를 기다리고 있소. 전장으로 가자!

나팔수의 군기를 빌려서 우선 급한 대로 써야겠다.

자, 자, 진격한다!

해는 높이 떴는데 우린 시간 낭비만 하고 있다. 60

모두 퇴장

3장

영국군 진영. 왕의 군막 앞

글로스터, 베드포드, 엑시터, 어핑엄이 부하들을 이끌고 등장
솔즈베리 백작과 웨스모얼랜드 백작 등장

글로스터 폐하께서는 어디 계십니까?

베드포드 전장을 직접 살피러 나가셨소.

웨스모얼랜드 적은 전투부대만 해도 육만은 됩니다.

엑시터 5대 1이군. 게다가 그들은 모두 생생하고.

솔즈베리 신이여, 우리와 함께 싸워 주소서! 우열의 차이가 대단하니까요 5

경들에게 신의 가호가 있으시길. 저는 제 부대로 갑니다.

천국에서 다시 만날 때까지 못 만난다면

베드포드 경, 글로스터 경, 그리고 엑시터 경,

그리고 나의 사돈 웨스모얼랜드 백작,

모든 전사 여러분, 안녕히 계십시오. 10

베드포드 솔즈베리 경, 안녕히 가세요. 행운을 빕니다!

엑시터 잘 가시오, 백작. 오늘 용감히 싸우세요.

이런 걱정을 하는 것은 경께 무례가 되지.

경은 강인하고 변함없는 용기의 화신이니까.

솔즈베리 퇴장

베드포드 그 분은 상냥할 뿐 아니라 아주 용감하신 분이야.   15
어느 모로 보나 왕자다운 분이지.

헨리 왕 등장

웨스모얼랜드   오, 지금 여기에,
고국에 남아 오늘 아무 일도 하지 않는 사람 중에
만 명만 더 있었으면 얼마나 좋을까!

헨리 왕   누가 그런 걸 원하는가?   20
웨스모얼랜드 백작인가? 그렇지 않소, 백작.
우리가 죽을 운명이라면, 나라에 주는 손실은
우리만으로도 충분하고, 만약 살아남는다면
수가 적을수록 더 큰 명예를 차지할 수 있소.
제발 한 사람도 더 원하지 마시오.   25
맹세컨대 나는 황금을 탐내지 않소.
누가 내 돈으로 먹고 살더라도 상관하지 않소.
누가 내 옷을 입어도 괜찮고,
그런 외적인 것을 나는 원하지 않소.
그러나 만약 명예를 탐내는 것이 죄가 된다면   30
나는 이 세상에서 가장 죄 많은 사람이 될 것이요.
사촌, 정말로 영국에서 한 사람도 더 바라지 마시오.
짐은 구원받을 것이라는 희망이 있기에, 한 사람이라도 더 있어서
내게서 이토록 큰 명예를 나누어 갖도록 하고 싶지 않소.
오, 그러니까 한 사람도 더 바라지 마시오.   35

그보다는 웨스모얼랜드 백작, 부대 전체에 선포하시오.

이 싸움을 할 욕망이 없는 자는

떠나라고 말이요. 통행증도 만들어 줄 것이며,

여행에 필요한 경비도 지갑에 넣어 줄 것이오.

짐은 짐과 함께 죽기를 두려워하는 그런 자와   40

같이 죽기를 바라지 않소.

오늘은 성 크리스피안 제일이지.

오늘 살아남아서 무사히 고향에 돌아가는 자는

오늘의 일이 거론될 때마다 의기양양해서

크리스피안의 이름을 들을 때마다 분기할 것이오.   45

오늘 살아남아 노년을 맞이하는 자는

매년 이 축제일 전날 밤에 잔치를 베풀며

이웃들에게 말할 것이다. "내일이 성 크리스피안의 제일이다"라고.

그리고는 소매를 걷고 상처를 보이면서

"이건 크리스피안 제일 때 입은 상처이다"라고 말하겠지.   50

노인이 되어 모든 걸 다 잊는다 해도

오늘 세운 무훈은 부풀려서 기억할 것이다.

그럴 때면 익숙하게 쓰이는 말처럼 입에 익은 우리,

해리왕, 베드포드, 엑시터, 워릭, 탈보트, 솔즈베리, 글로스터의
   이름이

넘치는 술잔과 더불어 새로이 기억될 것이다.   55

이 이야기는 아비가 자식에게 전해줄 것이고

오늘부터 세상이 끝날 때까지

우리를 기억하지 않고는

성 크리스피안의 제일을 지내지는 못할 것이다.

소수이나 행복한 소수인 우리는 형제로 뭉쳤으니   60

오늘 나와 함께 피를 흘리는 사람은

다 나의 형제이다. 아무리 천한 신분의 사람일지라도

그의 신분은 고귀해 질 것이다.

지금 영국의 침상에 있는 귀족들은

이 자리에 함께 하지 못한 자신을 저주할 것이며,   65

우리가 성 크리스피안 제일에 싸운 것을 이야기할 때마다,

그들의 남자다움이 보잘 것 없게 느껴질 것이다.

솔즈베리 등장

솔즈베리 폐하, 속히 전투 준비를 하소서.

프랑스군은 당당히 전투 대열을 갖추고

신속하게 진격해 올 듯합니다.   70

헨리 왕 마음의 준비만 되어 있다면 모든 준비는 끝난 것이다.

웨스모얼랜드 지금 마음이 물러서는 자는 죽어야 한다!

헨리 왕 사촌, 이제 고국에서 원군이 오길 바라지 않는 것 같은데?

웨스모얼랜드 폐하, 부디 소신과 폐하 두 사람만으로

더 이상의 도움 없이 이 장대한 전쟁을 치렀으면 합니다.   75

헨리 왕 이젠 병사 오천 명도 원치 않는다니

병사 한 명을 더 바라는 것보다 낫군.

각자 위치는 알고 있겠지. 여러분 모두에게 신의 가호가 있기를!

나팔소리. 몽조이 등장

몽조이 한 번 더 폐하의 의향을 알고자 왔나이다. 해리 왕.

폐하의 패배가 확실시되고 있는데 그 전에   80

배상금의 지불에 합의하시겠는지요?

이미 확실히 심연에 가까이 오신 이상

폐하는 분명히 그 속에 빨려 들어가실 수밖에 없사옵니다.

그뿐만 아니라 우리 총사령관은 자비심에서

폐하가 부하에게 참회하도록 하시길 바라고 있습니다.   85

그들의 불쌍한 육신은 이곳에 누워서 짓무르더라도

그들의 영혼이라도 이 전장에서

평화롭게 고이 떠나갈 수 있도록 말입니다.

헨리 왕   누가 너를 여기에 보냈느냐?

몽조이 프랑스군 총사령관입니다.   90

헨리 왕 내가 예전에 했던 대답을 그대로 가져가라.

나를 잡아서 그 뼈를 팔라고 하라.

세상에, 뭐 때문에 불쌍한 사람들을 이렇게 조롱하는 것인가?

사자가 살아있는 동안에 그 가죽을 팔아먹은 자가

사자를 사냥하다 죽었다고 한다.   95

우리 중에서 대다수의 육체는 분명히

고국에 묻히게 될 것이다. 그리고 확신하건데

그 무덤 위에는 오늘의 공적을 새긴 황동의 비문이 남겨질 것이다.

또 프랑스에 용감한 뼈를 남기는 자는

비록 프랑스의 거름더미 속에 묻히더라도   100

남자답게 죽어서, 그들의 명성을 떨칠 것이다. 왜냐하면
태양이 그들의 명예를 수증기처럼 하늘로 올라가게 할 것이니까.
그들의 육신은 이 땅에 남아 대지를 숨 막히게 하고,
그 악취는 프랑스에 역병을 퍼뜨릴 것이다.
우리 영국군의 넘쳐나는 용기를 눈여겨보라.   105
우리 용사들은 산산조각으로 부서지는 총알처럼,
거듭 폭발하는 파괴력을 지니고 있다.
죽어서 진토가 되어서도 피해를 끼칠 수 있다.
나는 당당히 말할 수 있다. 총사령관에게 전하라.
우리는 허름한 옷을 입고 평범하게 보이는 병사들이라고.   110
화려한 옷차림이나 금박의 장식도
험한 길을 빗속에 행군하느라 더러워졌다.
우리 군대에는 깃털장식도 하나 없다.
중요한 사실은 우리는 도망가지 않는다는 것이다.
이렇게 꾀죄죄한 것은 매일 고생을 해서 그렇다.   115
그러나 분명히 우리의 용기는 훌륭하게 차려입고 있다.
나의 초라한 병사들은 이렇게들 말한다. 밤이 되기 전에
천국에 가서 새 옷을 입든지 아니면
프랑스 병사를 죽여 화려한 새 옷을 빼앗고
군대에서 퇴역시켜 버리겠다고.   120
신의 뜻이 그러하다면 그렇게 되겠지만,
내가 받을 배상금은 곧 걷어가게 될 것이다.
전령관, 헛수고 말라. 다시는 내게 배상금을 청하러 오지 말라.

분명히 나의 사지 말고는 아무것도 가질 수 없을 것이다.

그 사지도 그 쪽이 갖게 될 땐 살덩이는 다 잘려나가서 125

줄게 거의 없을 테니 총사령관에게 그리 전하라.

몽조이 그리 전하겠습니다, 해리 왕. 안녕히 계십시오.

폐하께서 다시는 전령의 말을 들으시는 일이 없으시기를.

퇴장

헨리 왕 배상금 때문에 다시 한 번 오게 되겠지.

요크공작 등장

요크 폐하, 간절히 청하오니 130

신이 선봉에서 지휘를 하게 해 주소서.

헨리 왕 그리 하세요, 용감한 요크공. 자 병사들, 진격하라.

주여, 오늘 승리는 당신 뜻대로 하소서.

모두 퇴장

4장

화급함을 알리는 나팔소리. 양쪽 군대의 출격.
피스톨, 프랑스 병사, 소년 등장

피스톨 항복하라, 똥개야!

프랑스 병사 당신은 훌륭한 가문의 출신인 것 같습니다.[17]

피스톨 깔리떼[18]가 뭐야? 처녀여, 나의 보물!

넌 귀족가문 출신이냐? 이름이 뭐냐? 말해봐라.

프랑스 병사 오, 신이여!   5

피스톨 오 쎄뇌르 듀[19]라면 귀족인 모양이군

내 말을 새겨들어, 오 쎄뇌르 듀, 잘 들어.

오 쎄뇌르 듀, 넌 이 칼에 죽는다.

그러나 오 쎄뇌르,

거액의 몸값을 내놓으면 살려준다.   10

프랑스 병사 아, 자비를 베푸세요! 절 불쌍히 여기세요!

피스톨 동전 따위론 어림없다. 모이[20]라면 마흔 개는 내놔야 한다.

아니면 시뻘건 핏방울이 떨어지는

창자를 목구멍까지 끄집어낼 테다.   15

프랑스 병사 당신의 팔의 위력에서 빠져나갈 수 없을까요?

피스톨 뭐, 브라스[21]라고? 이 똥개 놈아.

이 저주받을 음탕한 산양새끼야,

뭐 내게 놋쇠를 주겠다구?

프랑스 병사 살려주세요! 20

피스톨 살려달라구? 너 모이를 일 톤 내놓겠다구?

얘, 이리 와봐.

이놈 이름이 뭔지 프랑스 말로 물어봐라.

소년 (프랑스어로) 여봐요, 당신 이름이 뭐요?

프랑스 병사 무슈 르 훼르예요. 25

소년 이름이 매스터 훼르래요.

피스톨 뭐 매스터 훼르라구! 패주고 말테다. 샅샅이 뒤져 보겠다. 이놈한
테 프랑스말로 말해.

소년 뒤진다니 때려준다니 하는 프랑스 말을 몰라요.

피스톨 그럼 각오하라고 해. 목을 베어버리겠다. 30

프랑스 병사 이 분이 뭐라고 하셨어요?

소년 (프랑스어로) 당신더러 각오하고 있으라고 나에게 명령한 거예요.
당장 당신의 목을 따주겠대요.

피스톨 그래, 반드시 목을 딴다 말이야.

이 촌놈아. 금화를, 멋진 금화를 내지 않으면 35

이 칼로 갈기갈기 찢어 놓을 테다.

프랑스 병사 아이쿠, 제발 살려주십시오. 저는 좋은 가문의 사람입니다.
목숨만 살려주시면 금화 이백 개를 드리겠습니다.

피스톨 뭐라고 하는 거지? 40

소년 목숨만 살려 달래요. 자기는 좋은 가문의 사람이니까 몸값으로
금화 이백 크라운을 주겠답니다.

피스톨 그럼 분노를 가라앉히겠다. 금화를 받겠다고 말해!

프랑스 병사 어린 양반, 저 분이 뭐라고 하나?

소년 (프랑스어로) 포로를 용서하는 것은 자기 맹세에 어긋나지만 그래도   45
지금 약속한 금화를 내면 당신을 풀어 주고 사면해 주겠대요.

프랑스 병사 무릎을 꿇고 천만번 감사드립니다. 당신처럼 용감하고 씩씩
하고 훌륭한 영국 기사에게 잡힌 것이 다행입니다.

피스톨 야 꼬마야, 통역해라.   50

소년 무릎을 꿇고 천만번 감사한대요. 당신처럼 용감하고 씩씩하고 훌
륭한 영국 기사에게 잡힌 것을 다행으로 여긴다네요.

피스톨 내가 비록 사람의 피를 빨아먹지만 자비를 베풀겠다.
나를 따라와!   55

소년 (프랑스어로) 저 대장을 따라가세요.

피스톨과 프랑스 병사 퇴장

저렇게 용기라곤 없는 가슴속에서 저런 호언장담이 나올 줄 누가
알았을까. 그러니 '빈 수레가 요란하다'는 속담이 맞아. 바돌프나
님이 구식 연극에 나와 소리소리 지르는 악마 같은 이놈보다 열   60
배나 더 용기가 있었지. 그래서 어떤 광대도 나무칼로 그의 손톱
을 벗길 수 있지. 그런데 두 사람은 교수형을 당하고 말았어. 이자
도 닥치는 대로 남의 물건을 훔치다가 똑같은 신세가 되고 말거야.
난 마부들하고 우리 군막의 짐을 지켜야 해. 적군이 이걸 알게 되
면 다 털어 갈 텐데. 지키는 사람은 우리 아이들밖에 없으니까.   65

퇴장

5장

전장의 다른 장소

프랑스의 총사령관, 오를레앙 공작, 부르봉 공작, 프랑스 왕세자, 랑브레 등장

총사령관 제기랄!

오를레앙 오, 주여! 싸움에 지다니, 모든 게 끝나버렸다!

프랑스 왕세자 난 이제 끝장이다! 완전히 망했어!

끔찍한 불명예와 영원한 치욕이

우리의 깃털 장식 위에서 조롱하고 있다. 에잇, 빌어먹을 운명!   5

절대로 도망치지는 맙시다.

경종 소리

총사령관   어쩌나, 우리 군대는 전멸입니다.

프랑스 왕세자 오, 영원한 치욕! 차라리 자결을 합시다.

저들이 우리가 내기까지 했던 그 보잘 것 없는 무리였단 말인가?

오를레앙 저게 우리가 배상금을 내라고 사람을 보냈던 그 왕인가?   10

부르봉 치욕이다. 영원한 치욕이다. 치욕이 아니고 뭡니까!

바로 죽어버립시다. 다시 전장으로 가는 거요.

지금 이 부르봉을 따르지 않을 자는

집으로 돌아가서 손에 모자를 쥐고,

개보다도 천한 영국 놈한테 가장 귀한 딸이 능욕당하는 동안 ¹⁵

천한 뚜쟁이처럼 문밖에 서서 망이나 보고 있으라고 하시오.

총사령관 우리를 파멸시킨 혼란이여, 이번엔 우리의 편이 되어다오!

자, 목숨을 걸고 한꺼번에 돌격합시다.

오를레앙 전장에는 아직 살아남은 병력이 충분하다.

전열을 잘 갖추면 ²⁰

우리 군대로 영국군을 무찌를 수 있다.

부르봉 대열 따위는 필요도 없다! 난 돌진하겠다.

난 짧게 살겠다. 아니면 치욕이 너무 오래 간다.

모두 퇴장

6장

위급함을 알리는 나팔소리.
헨리 왕과 그의 부하들이 포로들과 등장

헨리 왕 용감한 동포 여러분, 정말 잘 싸웠소.

그러나 프랑스군이 전장에 남아 있으니 아직 다 끝난 건 아니요.

병사들이 포로들과 퇴장
엑시터 등장

엑시터 요크 공께서 폐하께 안부 전합니다.

헨리 왕 숙부님, 요크 공이 살아 있나요? 한 시간 사이에

공이 투구에서 박차까지 온통 피투성이가 된 모습으로   5

세 번 쓰러지고 세 번 다시 일어나서 싸우는 걸 보았습니다.

엑시터 그 모습으로 용감한 요크공은 벌판을 피로 물들이면서

누워 있었습니다. 피투성이 그의 곁에는

명예로운 부상을 함께 입은

전우 서포크 백작이 누워 있었구요.   10

서포크 백작이 먼저 숨을 거두었지요. 온몸에 난도질을 당한 요크공은

핏덩어리에 몸을 담그고 누워 있는 서포크 백작에게로 다가가서

그의 수염을 쥐고, 얼굴에 입을 크게 벌리고

피를 흘리는 상처에 입을 맞추고 크게 외쳤답니다.

"기다리게, 사촌 서포크!   15
내 영혼도 지금 당신과 함께 천국에 갈 거요.
날 기다려요, 다정한 친구, 둘이서 나란히 갑시다.
이 영광스러운 전장에서 함께
용감하게 싸운 것처럼 말이오."
이 말을 듣고 나는 요크 공에게 가서 기운을 북돋아 주었습니다.   20
공은 내 얼굴을 보고 미소 지으며 내게 손을 내밀어
힘없이 이 손을 잡고 말했습니다.
"엑시터 경, 폐하께 나의 정중한 안부를 전해 주시오."
그러고 나서 서포크에게 돌아서서 그의 목에
상처 입은 팔을 감고 그의 입술에 입을 맞추었습니다.   25
그 마지막 입맞춤으로 고귀한 죽음으로 끝난 사랑의
유언장을 봉하고 죽음과 인연을 맺었습니다.
그 상냥하고 멋진 행동 때문에
참으려 하였으나 어쩔 수 없이 눈물을 흘리고 말았습니다.
나도 남들 못지않게 남자다운 편이지만   30
불쌍히 여기는 마음에
그만 눈물을 흘리고 말았습니다.

헨리 왕   숙부님을 흉보지 않습니다.
그 이야기를 들으니 젖어오는 눈을 닦아야 할 것 같습니다.
안 그러면 눈물이 흐를 것 같아서요.   35

위급함을 알리는 나팔소리

들어보라, 저 새로운 나팔 소리는 무엇인가?

프랑스군이 흩어진 병사들을 모아 병력을 강화하는군.

병사들은 포로들을 모두 죽여라.

이 명령을 전군에 전달하라.

모두 퇴장

7장

전장의 다른 장소

플루얼렌과 가우어 등장

플루얼렌 아이들을 죽이고 짐짝들까지 약탈하다니! 이건 명확히 전쟁법에 위배되는데. 이건 악명 높은 악행이라구. 네 양심에 비추어 말해 보라구. 그렇지 않은가?

가우어 애들 하나 살려두지 않은 건 분명해. 전장에서 도망친 비겁한 악 ₅ 당들이 이런 살육을 한 거라구. 게다가 놈들은 우리 왕의 군막을 불태우고 전부 다 가지고 가 버렸다구. 그러니까 폐하께서는 마땅히 병사들에게 포로들의 목을 베게 하신 거야. 오, 폐하께선 훌륭하셔! ₁₀

플루얼렌 맞아. 폐하께선 몬머스에서 태어 나셨어. 가우어 대위, 알렉산더 태왕이 출생한 마을 이름이 뭐더라?

가우어 알렉산더 대왕이야.

플루얼렌 아니, 태왕이라는 게 크다는 뜻 아닌가? 대나 크다, 강대하다, 거대하다, 도량이 넓다는 말은 결국 같은 뜻인데 표현이 약간씩 ₁₅ 다르다 뿐이지.

가우어 그래, 알렉산더 대왕은 마케도니아에서 태어난 것 같아. 내가 알기로는 그의 아버지를 마케도니아의 필립이라고 불렀지.

플루얼렌 내 생각에도 알렉산더는 마케도니아에서 태어난 것 같아. 그런 ₂₀

데 대위, 세계 지도를 보고, 마케도니아와 몬머스를 비교해 보면 그 상황이 비슷하다는 걸 알게 될 것이야. 마케도니아에도 강이 있고, 몬머스에도 똑같이 강이 있어. 몬머스의 강은 와이 강이라 하는데, 마케도니아의 강 이름이 뭔지 생각이 안 나네. 내 오른손 25 가락과 왼손가락이 닮은 것처럼 그 강들도 비슷하고 두 강엔 다 연어가 살고 있지. 그런데 알렉산더의 생애를 살펴보면 몬머스의 해리의 생애와 아주 비슷하단 말이야. 왜냐하면 모든 것에는 유 사성이 있게 마련이니까. 알렉산더 대왕은 신도 아시듯이, 그리고 30 자네도 알고 있듯이 분노하고 격분하여 분통을 터뜨리고 분개하 고 기분이 상한 끝에 짜증이 나서 노여워하고 의분을 일으켜 게 다가 약간 취해서, 즉 술을 마셔 홧김에 가장 친한 친구 클라이투 35 스를 죽였단 말이야.

가우어 우리 폐하가 그 점에서야 같지 않지. 친구를 죽인 일은 결코 없으 니까.

플루얼렌 내 말이 끝나기도 전에 말을 가로채는 건 좋지 못해. 난 다만 유사성과 비유에 대해 말하고 있을 뿐이야. 알렉산더가 술을 마시 40 고 나서 취해 친구 클라이투스를 죽인 것처럼, 몬머스의 해리도 올바른 분별심과 훌륭한 판단으로 배가 불룩한 조끼를 입은 뚱보 기사를 추방했거든. 그 친구 농담, 조롱, 장난질, 그리고 흉내 내 기에 있어서 최고였는데. 이름이 생각 안 나네. 45

가우어 존 폴스타프 경이지.

플루얼렌 맞아, 그 사람이야. 몬머스에서는 훌륭한 인물들이 태어난단 말이야.

가우어 폐하께서 오신다.

위급함을 알리는 나팔소리. 헨리 왕이 부르봉 공작을 포로로 데리고 등장.
워릭, 글로스터, 엑시터, 그 밖의 전령관들과 병사들이 포로들과 함께 등장.
나팔의 화려한 취주.

헨리 왕 프랑스에 온 이래로 난 지금같이 화가 난 적이 없었다.

　　　전령관, 나팔수를 데리고

　　　저 언덕 위에 있는 기병들에게 달려가라.

　　　그들에게 우리와 싸울 생각이 있거든 내려오라고 해라.

　　　그렇지 않으면 눈에 거슬리니 당장 없어지라고 해라.   55

　　　어느 쪽도 안 한다면 우리가 공격해서,

　　　고대 앗시리아의 부석기로 내던진

　　　돌멩이만큼 빨리 도망치게 하겠다.

　　　그뿐 아니라 우리가 잡은 포로들의 목을 벨 것이며,

　　　우리에게 잡히는 놈들 중에 하나도   60

　　　자비를 맛보지 못할 것이다. 가서 그리 알려라.

프랑스 전령관 몽조이 등장

엑시터 프랑스의 전령관이 왔습니다, 폐하.

글로스터 예전보다는 눈빛이 겸손해진 것 같습니다.

헨리 왕 무슨 일인가, 왜 왔나, 전령관?

　　　배상금은 짐의 뼈로 갚기로 한 것을 알고 있지 않은가?   65

　　　이번에도 배상금 때문에 왔는가?

몽조이   아니옵니다, 위대하신 폐하.

소인은 폐하께 자비로운 허락을 구하러 왔습니다.

저희가 이 피비린내 나는 전장을 돌아다니며

우리 쪽 전사자를 찾아내어 매장하고,   70

귀족과 평민들을 갈라놓게 하여 주소서.

수많은 우리 귀족들이 아아, 세상에!

용병들의 피에 잠겨 누워 있습니다.

평민들이 그 천한 사지를

귀족들의 피 속에 담그고 있습니다.   75

그리고 상처 입은 말들은

핏덩이 속에 발굽까지 잠긴 채 사납게 날뛰며

편자를 박은 발굽으로 죽은 주인들을 세게 걷어차,

그들을 두 번 죽이고 있습니다. 오, 위대하신 폐하,

저희가 안전하게 전장을 돌아보고   80

시체를 처리할 수 있도록 허락하여 주소서.

헨리 왕   전령관, 솔직히 말해

승리가 우리의 것인지 아닌지 나는 모른다.

아직도 프랑스의 많은 기병들이 나타나

들판을 달리고 있으니 말이다.   85

몽조이   승리는 폐하의 것입니다.

헨리 왕 그것은 신의 덕분이지 짐의 힘 때문은 아니다.

바로 근처에 있는 저 성을 뭐라고 하느냐?

몽조이 아진코트라고 합니다.

헨리 왕   그럼 오늘의 전투를 크리스핀 크리스피아누스의 제일에 있었던   90
아진코트의 전투라고 부르겠다.

플루얼렌   황공하오나, 신이 『연대기』에서 읽은 바로는, 역사상 유명하신
폐하의 조부와 종조부이신 웨일즈의 흑태자 에드워드께서도 프
랑스의 전창에서 매우 용감하게 싸우셨습니다.   95

헨리 왕   그랬지, 플루얼렌.

플루얼렌   지당하신 말씀이옵니다. 폐하께서 기억하실지 모르겠지만, 웨
일즈 인들이 부추 밭에서 큰 공훈을 세운 적이 있습니다. 몬머스
모자에 부추를 달고 말이죠. 폐하께서도 아시듯이 부추는 여태까
지 무훈을 기리는 표시로 전해지고 있습니다. 소인은 폐하께서도   100
성 데이비드 제일에 부추를 다는 것을 비웃지 않으시리라 생각하
옵니다.

헨리 왕   나도 명예를 기리기 위해서 부추를 단다.

나도 너와 같은 웨일즈 출신이니까.

플루얼렌   와이강의 강물을 다 해도 폐하의 옥체에서 웨일즈인의 피를 씻   105
어 버릴 수는 없습니다. 그것은 확실합니다. 그것이 신의 뜻이고,
폐하의 뜻이니. 신이시여, 축복을 내리시고 지켜주소서!

헨리 왕   고맙네, 고향 사람.

플루얼렌   예수 그리스도에 두고 맹세하나이다. 소신은 폐하와 같은 고향
사람이며 누가 그것을 안다 해도 상관없습니다. 전 세계에 알리   110
겠습니다. 황공하옵게도 폐하께서 정직하시니 폐하를 부끄럽게
여길 필요가 없사옵니다.

헨리 왕   신이여, 저를 정직한 사람으로 지켜주소서!

월리엄즈 등장

우리 전령도 함께 가서 ₁₁₅

양쪽 측의 전사자에 대한 정확한 상황을 알아 오너라.

몽조이, 가우어, 영국의 전령 퇴장

저기 있는 저자를 불러 오시오.

엑시터 이봐, 폐하께서 부르신다.

헨리 왕 왜 그 장갑을 모자에 달고 있는가?   120

윌리엄즈 황공하오나 폐하, 이건 만약 살아 있다면 소인과 결투하기로 한
자와의 징표이옵니다.

헨리 왕 영국 병사인가?

윌리엄즈 황공하오나 폐하, 어젯밤에 소인을 협박한 악당이옵니다. 그   125
자가 만약 살아서 감히 이 장갑을 자기 것이라고 하면 소인이 따
귀를 한 대 때려주겠다고 맹세하였습니다. 또 그 자가 살아있으
면 군인답게 반드시 달고 있겠다고 맹세했으니, 그 자의 모자에
서 저의 장갑을 발견하면 호되게 때려줄 작정입니다.   130

헨리 왕 플루얼렌 대위는 어떻게 생각하는가? 이 병사가 맹세를 지키는
것이 옳은가?

플루얼렌 그렇지 않는다면 황공하오나 소신의 양심에 걸고 그자는 비겁
한 악당으로 여겨질 것입니다.   135

헨리 왕 어쩌면 저자의 상대가 높은 신분의 사람이라 낮은 신분의 사람의

4막 7장 **149**

도전을 받아들일 수 없을 지도 모르지 않겠느냐?

플루얼렌 비록 상대가 지옥의 루시퍼나 벨제밥같이 높은 신분이라 할지
라도 폐하, 이 자가 서약하고 맹세한 것은 꼭 지켜야 합니다. 만
약 서약을 지키지 않는다면, 그 자의 평판은 신의 세상에 존재하 140
는 가장 사악한 악당이나 뻔뻔스러운 사기꾼이나 마찬가지가 될
것입니다.

헨리 왕 그럼 그 친구를 만나면 맹세를 지켜라.

윌리엄즈 반드시 그리하겠습니다, 폐하.

헨리 왕 너는 누구의 부대인가?

윌리엄즈 가우어 대위의 부대이옵니다, 폐하. 145

플루얼렌 가우어는 훌륭한 대위입니다. 전투에 대해 잘 알고 해박한 지
식을 지니고 있습니다.

헨리 왕 그를 이리 불러오너라.

윌리엄즈 그리 하겠사옵니다. (퇴장) 150

헨리 왕 자, 플루얼렌 대위, 짐을 위해서 이 장식을 너의 모자에 꽂고 있
어라. 프랑스의 알랑송과 짐이 싸우다가 함께 쓰러졌을 때 그의
투구에서 이 장갑을 잡아뗀 것이다. 누가 이것을 보고 도전을 해
오면 그 자는 알랑송의 친구요, 짐의 적이다. 그런 자를 만나거든 155
체포하라. 그게 내 부탁이다.

플루얼렌 폐하께서는 신하가 바랄 수 있는 가장 큰 영광을 제게 베풀어 주
셨습니다. 그 자가 누구든지 기꺼이 그 사람을 만나야겠습니다. 그
래서 이 장갑을 보고 성나게 해주겠습니다. 그 뿐입니다. 정말 그를 160
한 번 만났으면 합니다. 제발 신의 은총으로 그렇게 되기를 빕니다.

헨리 왕 가우어를 아는가?

플루얼렌 소신의 친구이옵니다.

헨리 왕 그럼 가서 그를 찾아 내 군막으로 데려 오거라.

플루얼렌 그렇게 하겠습니다.   165

퇴장

헨리 왕 워리크경, 그리고 동생 글로스터,

　　　　플루얼렌의 뒤를 바짝 쫓아가 보시오.

　　　　그에게 호의의 표시로 준 장갑 때문에

　　　　어쩌면 따귀를 얻어맞게 될지도 모르겠는데,

　　　　그 장갑은 아까 그 병사의 것인데 내가 달기로 약속한 것이오.   170

　　　　워리크 백작, 그를 따라가 보시오.

　　　　만약 그 병사가 그를 때린다면,

　　　　그의 무뚝뚝한 태도로 보아 약속을 지킬 것 같은데,

　　　　그렇게 되면 갑자기 불상사가 생길지도 모르니까.

　　　　내가 알기로 플루얼렌은 용감하니까   175

　　　　심기를 건드리면 화약처럼 흥분해서

　　　　아마 즉시 반격을 날릴 거요.

　　　　그러니 따라가서 그들 사이에 불상사가 없도록 해 주시오.

엑시터 숙부님은 나와 같이 가시지요.

모두 퇴장

8장

헨리 왕의 군막 앞

가우어와 윌리엄즈 등장

윌리엄즈 내 생각엔 틀림없이 대위님께 기사 작위를 주시려는 겁니다.

플루얼렌 등장

플루얼렌 (가우어에게) 신의 뜻이군. 대위, 빨리 폐하께 가보게. 아마도 네
가 상상도 해보지 못한 좋은 일이 있을지도 몰라.

윌리엄즈 여보시오, 이 장갑을 알아보겠소?   5

플루얼렌 그 장갑을 아냐고? 장갑은 그냥 장갑이지.

윌리엄즈 난 그 장갑도 알아보겠다. 그러니까 이렇게 도전하겠다.

(플루얼렌을 때린다.)

플루얼렌 아이쿠! 이런 나쁜 놈, 이 세상에서, 아니 프랑스에도, 영국에
서도 가장 못된 역적놈아.

가우어 왜 이러는 거야, (윌리엄즈에게) 이 나쁜 놈아!   10

윌리엄즈 내가 서약을 깨뜨릴 것 같소?

플루얼렌 물러나 있게, 가우어 대위, 반역자를 반드시 때려 눕혀 본때를
보여 줘야지.

윌리엄즈 난 반역자가 아니다.   15

플루얼렌 새빨간 거짓말이다.

병사들 등장

국왕 폐하의 이름으로 너를 체포한다, 이 자는 알랑송 공작과 한 패니까.

워리크와 글로스터 등장

워리크 왜 이러는 거지? 무슨 일인가?　　　　　　　　　　　　　20

플루얼렌 워리크 백작님, 여기서 신의 은총으로 여름날에 볼만한 매우 흉악한 반역이 발각되었습니다.

헨리 왕과 엑시터 등장

저기 폐하께서 오십니다.

헨리 왕 그래, 무슨 일인가?　　　　　　　　　　　　　　　　　25

플루얼렌 폐하, 황공하오나 여기 악당이자 반역자가 있습니다. 이 자가 폐하께서 알랑송의 투구에서 빼앗아 오신 장갑을 쳤습니다.

윌리엄즈 폐하, 이건 소인의 장갑이옵니다. 여기 그 다른 짝이 있습니다. 소인과 이걸 바꾼 그 자가 이걸 모자에 달기로 약속했습니다. 소인은 그걸 보면 그 잘 두들겨 패겠다고 약속했습니다. 그런데 이　30 자가 모자에 소인의 장갑을 달고 있었습니다. 그래서 소인은 그저 약속을 지켰을 뿐입니다.

플루얼렌 폐하, 황공하오나 이 자가 얼마나 오만하고, 불량하고, 천하고,

더러운 악당인지 아실 것입니다. 폐하께서 소신을 위해 보증을
하시어 폐하께서 주신 것은 알랑송의 장갑이라는 것을 폐하의 양심 35
에 두고 증언해 주시기 바랍니다.

헨리 왕 그 장갑을 이리 다오. 자, 보거라. 여기에 그 다른 짝이 있다.
사실 네가 때리겠다고 약속한 사람은 바로 나다.
넌 나에게 지독한 말을 퍼부었지. 40

플루얼렌 황공하오나 폐하, 이 세상에 군법이 존재한다면 이 자의 목을
베어 그 죄를 갚게 해주소서.

헨리 왕 내 마음을 누그러뜨릴 수 있겠는가?

윌리엄즈 모든 죄는 마음에서 생겨납니다. 그러나 소인이 폐하를 화나게
한 것은 절대로 제 마음으로부터 나온 죄가 아닙니다. 45

헨리 왕 그러나 네가 모욕한 사람은 짐이었느니라.

윌리엄즈 그 때 폐하께선 폐하의 모습으로 오시지 않았습니다. 소인에게
는 평범한 병사로밖에 보이지 않았습니다. 밤이었고 폐하의 옷차
림과 초라하게 보인 폐하의 태도가 그 증거였습니다. 그런 모습으 50
로 폐하께서 받으신 모욕은 폐하의 잘못 때문이지 소인의 잘못은
아니옵니다. 만약 그 때 폐하께서 정말 소인이 생각한 대로 평범
한 병사였다면 소인은 아무런 죄도 짓지 않은 것입니다. 그러니
용서하여 주십시오. 55

무릎을 꿇는다

헨리 왕 (윌리엄즈를 일으키며)
엑시터 숙부님, 이 장갑에 금화를 가득 채워서

저 병사에게 주세요. 자 병사여, 받아라.

그것을 짐이 도전을 할 때까지

명예의 상징으로 모자에 달고 있어라.　　　　　　　　　60

자, 이 사람에게도 금화를 주세요.

그리고 대위, 저 병사와 사이좋게 지내라.

플루얼렌 이 낮과 태양 빛에 걸고 맹세하는데, 저 병사는 뱃속에 용기가

차 있습니다. 이봐, 여기 12펜스가 있으니 받아두게. 앞으로는 신

을 섬기고, 제발 싸움, 말다툼, 시비, 언쟁 등에 끼어들지 말게.　　65

그게 네 신상에 좋을 것이다.

윌리엄즈 당신 돈은 안 받겠소.

플루얼렌 내 호의로 주는 거야. 구두 고치는 데 쓸 수는 있겠지. 자, 그

리 수줍을 게 뭐 있는가? 네 구두도 그리 좋지는 않군. 이건 진짜　70

동전이야, 아니라면 바꿔 주지.

　　　　　　　　영국 전령이 전장에서 돌아온다.

헨리 왕 전령, 전사자의 숫자는 알았는가?

전령 프랑스 군의 전사자 수는 여기 있사옵니다.

　　　　　　　　왕에게 문서를 준다.

헨리 왕 숙부님, 포로 중에 지위가 높은 자는 누가 있지요?　　　　75

엑시터 프랑스 왕의 조카 오를레앙 공작 샤를르,

부르봉의 공작 존, 그리고 부시콜트 경입니다.

다른 귀족들과 남작들, 기사들, 그리고 향사들이

평민을 제외하고도 무려 천오백여명이나 됩니다.

헨리 왕 이 문서에 보면 전장에 죽어 누워 있는 프랑스군이   80

만 명이고, 그 중 공작 및

군기를 지니고 있는 귀족이 백이십육 명이군.

거기에 더해서 기사, 향사, 신분 있는 신사가 팔천사백 명,

이 중에서 오백 명은 바로 어제 기사 작위를 받았군요.

그러니까 적이 잃은 만 명 중에   85

용병은 천육백 명뿐입니다.

나머지는 공작, 남작, 귀족, 기사, 향사들과

좋은 혈통과 지체 있는 가문의 신사들입니다.

전사한 귀족들의 이름은 다음과 같습니다.

프랑스의 총사령관 샤를르 들라브레,   90

프랑스의 해군사령관 자끄 샤띠용,

석궁의 대가 랑브레스 경,

용맹한 프랑스 왕실 근위대장 기샤르 왕자,

존 알랑송 공작, 버건디 공작의 동생인

앙또니 브라방 공작,   95

에드워드 바르 공작, 또 강건한 백작들 중에는

그랑프레, 루씨, 포꽁브리지, 후아,

보몽, 마를르, 보드몽, 그리고 레스트랄르 등이 있다.

장려한 죽음의 동반자들이로구나.

우리 쪽의 전사자 숫자는?   100

전령이 다른 서류를 준다

에드워드 요크 공작, 서포크 백작,

기사 리처드 카일리, 향사 데이비 갬,

그밖에 훌륭한 가문 출신은 없고,

나머지를 모두 합해 25명이라.　　　　　　　　　105

오, 주여, 당신의 권능이 임하셨습니다.

우리의 힘이 아니고 오직 당신의

권능 덕분입니다.

기습 전략을 쓰지 않고 직접 대결하여 싸워서,

한 쪽은 이렇게도 큰 손실을 입었고　　　　　　110

다른 쪽은 이렇게도 적은 손실만을 입은 적이

지금까지 있었습니까? 신이여, 이 승리를 받으소서.

이 승리는 오직 당신의 것입니다!

엑시터　　　　　　　　　　　　　정말로 놀라운 일입니다.

헨리 왕　행렬을 지어 마을까지 행진합시다.　　　　115

그리고 군대 전체에 선포하노니,

이 승리를 자랑하거나 오직 신에게 돌려야 하는 칭송을

가로채는 자는 사형에 처하겠노라.

플루얼렌　황공하오나 폐하, 몇 명이나 죽었다고 말하면 그것도 죄가 됩

니까?　　　　　　　　　　　　　　　　　　　120

헨리 왕　그건 괜찮다, 대위. 그러나 우릴 위하여 싸워 주신 신에 대한 감

사를 바쳐야 한다.

플루얼렌 예. 소신의 양심에 두고 아뢰는데 신께선 우리에게 큰 도움을

주셨나이다.

헨리 왕 신께 성스러운 의식을 바치자. 125

성가 '논 노비스'와 '테 데움'을 부릅시다.

전사자는 기독교식으로 매장한다.

그러고 나서 칼레를 거쳐 영국으로 돌아간다.

프랑스에서 이렇게 고국에 운 좋게 돌아간 사람은 없었다.

모두 퇴장

5막

코러스 등장

이야기를 아직 읽지 않은 분들을 위해

다음에 올 내용을 설명해 드리겠습니다.

이미 읽으신 분들께선 그 거대한 규모의 일들을

실제로 무대에 올리는 것이 불가능하여

시간도, 인원도, 일어난 일들도 생략하는 것을   5

용서해 주시기 바랍니다. 자, 이제 우리들은 헨리 왕을

칼레로 모셔가니 그 곳에 계시다고 상상하십시오.

그러면 왕을 상상의 날개에 태워

바다를 가로질러 이동시키겠습니다. 영국의 해변을 보십시오.

남녀노소 할 것 없이 바닷가에 울타리를 치듯이 서서   10

함성과 박수 소리로 깊게 울려 퍼지는 바다의 소리를 압도하고

　있습니다.

마치 왕의 행차에 앞서 준비하는 사람처럼

말입니다. 이제 왕은 상륙하고

런던을 향해 장엄하게 행진하기 시작하십니다.

상상의 속도를 빠르게 하시면 벌써   15

국왕께선 블랙히스에 도착하셨다고 생각하실 것입니다.

거기서 귀족들은 왕께서 움푹 팬 투구와 구부러진 칼을 앞세우고

런던 시가를 행진하시기를 원했습니다.

그러나 왕은 허영심과 자신의 영광을 뽐내는 자만심 같은 건 없기에

그것을 금지하고, 전리품, 승리의 상징과 징표는   20

모두 자신이 아니라 신에게 돌립니다.

자, 이제 상상력을 빠르고 생기 있게 움직여

런던 시민들이 쏟아져 나오는 것을 보십시오.

시장과 시의원들은 최고의 의복을 차려 입고

마치 고대 로마의 원로원 의원들처럼   25

구름같이 모여든 시민들을 거느리고

개선하고 돌아오는 시저를 맞이하듯이 나오고 있습니다.

비록 덜 영광스러우나 못지않게 인기 있는 비유를 하자면,

우리 여왕 폐하의 장군님이

반역자들을 칼끝에 꽂고   30

때맞춰 아일랜드에서 개선한다면

얼마나 많은 시민들이 평화로운 도시를 떠나

환영하러 몰려나오겠습니까!

그보다 더 많이, 훨씬 더 많은 이유로

그들은 해리 왕을 환영했습니다. 이제 왕은 런던에 계십니다.   35

지금은 프랑스 국민의 비탄 때문에

영국의 헨리 왕은 고국에 계시는 것입니다.

신성 로마 제국 황제가 프랑스 왕을 대신하여

양국 간의 평화를 조정하러 왔습니다.

해리 왕이 프랑스로 돌아갈 때까지   40

일어났던 많은 사건들은 모두 생략하겠습니다.

이제 해리 왕은 프랑스에 있습니다.

저는 그 동안 일어났던 일들이 생략된 것을

중간에서 여러분께 상기시켜 드리는 역할을 합니다.

그럼 생략을 허락해 주시고 여러분은 상상을 따라 ⁴⁵
눈길을 다시 프랑스로 돌려주십시오.

퇴장

1장

프랑스, 영국군의 진영

가우어와 플루얼렌 등장

가우어 아니. 맞는 말인데 무엇 때문에 자넨 오늘 부추를 모자에 달고 있
나? 세인트 데이비 제일도 지났는데.

플루얼렌 모든 일에는 무엇 때문인가 하는 이유와 원인이 있단 말이지.
가우어 대위, 친구로서 얘기하겠네. 그 교활하고 비열하고, 천하
고 더러운 허풍장이 악당 피스톨이란 놈 말이지, 자네나 세상 사   5
람들이 모두 한심한 녀석이라고 여기는 그 자가 말이지, 어제 나한
테 빵과 소금을 가져와서 부추를 먹으라고 하는 거야. 그 자리는
싸움을 할 만한 장소가 아니라서 그래서 그 놈을 다시 만날 때까지
내 맘대로 이걸 모자에 달고 다니다 제대로 혼내 줄 테야.   10

피스톨 등장

가우어 마침 그 놈이 칠면조 수컷처럼 의기양양해서 오는군.

플루얼렌 거들먹거리든 칠면조 수컷이든 무슨 상관이야. 가련한 놈, 피
스톨 기수, 이 추잡하고 더러운 악당, 이 한심한 놈!

피스톨 이놈이 미쳤나? 이 천하고 방탕한 놈아,   15
내가 네놈 명줄을 끊어주길 바라는 거냐?

5막 1장 163

썩 꺼져! 부추냄새 때문에 구역질이 난다.

플루얼렌 이 천하고 더러운 악당아, 내 진정 바라고 있다. 나의 소망이고 요구이고, 간청이니까 이 부추를 처먹어라. 왜냐하면 네가 이걸 싫 20 어하기 때문이야. 이 부추가 네 놈 입맛이나 성질이나 소화에도 안 맞기 때문이지. 그러니 네가 꼭 먹어줘야겠어.

피스톨 캐드월라더[22]와 그의 염소를 다 준다 해도 안 먹는다.

플루얼렌 (몽둥이로 그를 때린다) 옛다, 염소 한 마리다. 이 더러운 놈아, 부 추 좀 먹겠냐? 25

피스톨 비열한 트로이놈 같으니, 너 죽어볼래?

플루얼렌 말 한번 잘 했다, 더러운 자식. 그게 신의 뜻이라면 말이다. 그 동안 넌 살아서 이 부추를 먹어라. (다시 때린다) 자 식욕 좀 돋궈줄 까? 어제 날보고 깊은 산골에서 온 시골 촌놈이라고 했겠다. 그러 30 나 오늘은 내가 네 놈을 납작하게 만들어 주겠다. 자, 안 먹을 테 냐? 부추를 조롱도 하니 처먹을 줄도 알겠지.

가우어 그만하면 됐어, 대위. 이 놈 얼이 빠진 것 같네.

플루얼렌 이놈이 부추를 조금이라도 먹게 할 거라 했지. 안 그러면 나흘 35 동안 이놈의 골통을 두들겨 패줄 테다. 자, 부탁이니 이걸 씹어. 새로 생긴 상처에도 좋고 네 피투성이 머리통에도 좋단 말이다.

피스톨 꼭 씹어야 하나?

플루얼렌 물론이지. 의심할 것도 물어볼 것도, 이해 못할 것도 없다니까. 40

피스톨 이 부추에 두고 맹세한다. 지독하게 갚아주겠다.

플루얼렌이 그를 때리려 한다

먹겠다구, 먹는단 말이야. 맹세한다니까.

플루얼렌 이걸 먹으란 말이야. 입맛 좀 더 당기게 해줄까? 맹세를 하려 ₄₅
면 아무래도 부추가 모자라는가 보다.

피스톨 몽둥인 그냥 두고 내가 먹는 걸 보라구.

플루얼렌 이 더러운 악당아. 정말로 너한테 좋다니까. 안 된다. 하나도
버리면 안 돼. 네 깨진 골통에 새 살이 돋는데 좋다. 앞으로 부추를 ₅₀
보게 되면 제발 놀려 먹어라. 이상이다.

피스톨 좋아.

플루얼렌 부추야 좋지. 이봐, 이걸 받아라. 네 골통을 고칠 4펜스다.

피스톨 겨우 4펜스? ₅₅

플루얼렌 아무럼, 참으로 꼭 받아야 한다. 아니면 내 주머니 속에 있는
부추를 또 먹이겠다.

피스톨 그 돈은 복수에 대한 선불로 미리 받아둔다.

플루얼렌 내가 갚을 게 있으면 이 몽둥이로 갚는다. 넌 장작 장수나 해.
내게서 살 건 몽둥이 밖에 없으니까. 그럼 잘 가라, 신의 은총으로 ₆₀
그놈의 머리통이나 고쳐라.   (퇴장)

피스톨 지옥을 뒤집어서라도 복수하겠다.

가우어 그만해 둬. 이 사기꾼 겁쟁이 악당 놈아. 네가 감히 오랜 전통을
비웃다니. 조상들의 명예를 기리기 위해 시작되어 과거의 용맹을 ₆₅
기억하는 표식으로 몸에 지니는 것을. 그리고 입만 놀리고 행동
으론 보여줄 수 없단 말이냐? 네가 이 대위를 두세 번 신나게 놀
리는 꼴을 봤다. 대위가 영어를 잘 못하니까 영국인의 몽둥이도 ₇₀
제대로 못 쓰는 줄 알았나 보지? 천만의 말씀, 웨일즈인에게 혼난

일을 교훈삼아 앞으로 올바른 영국인의 기질을 갖도록 해라. 그
럼 잘 가게.

퇴장

피스톨 이제 내가 운명의 여신에게 차인 건가?   75

　　　마누라 넬도 화류병에 걸려 죽었다는 소식을 들었는데,

　　　이젠 내 가정도 그만 없어진 거다.

　　　나이는 들고 지친 몸뚱이에 몽둥이로 맞은 명예 뿐.

　　　옳지, 이제 뚜쟁이나 되어야겠다.

　　　날쌘 소매치기로 살아야겠네.   80

　　　영국으로 살그머니 돌아가 도둑질이나 하는 거야.

　　　이 몽둥이 맞은 상처엔 고약을 붙여서

　　　프랑스 전쟁터에서 입은 부상이라고 떠들어야겠다.

퇴장

2장

프랑스 왕궁

한쪽에서 헨리 왕, 엑시터, 베드포드, 글로스터, 워리크, 글로스터,
웨스모얼랜드, 클래런스, 헌팅든등 귀족 등장. 다른 쪽에서 프랑스 왕,
이사벨왕비, 캐서린 공주, 앨리스, 버건디 공작과 다른 프랑스인들 등장.

헨리 왕 우리가 만난 이 회담에 평화가 깃들기를.

　　　짐의 형제 왕이신 프랑스 국왕과 누님이신 왕비께

　　　건강과 좋은 나날이 있으시길.

　　　더할 나위 없이 아름답고 고귀하신 캐서린 공주에게는

　　　기쁨과 호의를 표합니다.　　　　　　　　　　　　　　　5

　　　그리고 왕실 가문의 혈통을 지닌 버건디 공작,

　　　이 위대한 회담을 이루기 위해

　　　애쓰셨는데 노고에 감사하오.

　　　프랑스의 왕족들과 귀족 여러분, 모두의 건강을 기원하오.

프랑스 왕 존경하는 영국 왕이여,　　　　　　　　　　　　10

　　　짐이 형제 왕을 뵙게 되어 정말 반갑소. 잘 오셨소.

　　　영국의 귀족 여러분도 모두 환영합니다.

이사벨 왕비 우리의 형제이신 영국 왕이여,

　　　이 좋은 날 행복한 모임에 좋은 결과가 있기를 바랍니다.

　　　이렇게 용안을 직접 뵈오니 기쁩니다.　　　　　　　　15

지금까지 프랑스인을 바라보시던 폐하의 눈빛은

눈빛으로 사람을 죽이는 바실리스크와 같은

치명적인 독기를 품고 있었습니다.

하지만 그런 눈초리의 무서운 독이 본성을 잃고

오늘처럼 좋은 날에 모든 슬픔과 불화가 20

사랑으로 변하게 되길 삼가 바라옵니다.

헨리 왕　그리 되기를 바라며 여기에 왔습니다.

이사벨 왕비　영국의 귀족 여러분, 환영합니다.

버건디　신은 위대하신 프랑스와 영국의 폐하께

똑같은 충성을 바칩니다. 소신이 지혜를 모아 25

애쓰고 노력을 다한 결과

고귀하신 두 분 폐하를

이렇게 평화를 조인하는 정상 회담에 모시게 되었음을

양국의 폐하께서 가장 잘 인정하실 줄 압니다.

그리하여 소신의 노력이 결실을 맺어 30

양국의 폐하께서 용안을 마주 하시는 평화 회담에서

인사를 나누시게 되었으니 두 분 폐하 어전에서

이런 질문을 드리더라도 도리에 어긋나지 않길 바라옵니다.

도대체 어떤 방해물이 있었기에, 또 어떤 마찰이 있었기에

예술, 풍요로움, 그리고 즐거운 탄생의 소중한 양육자인 평화가 35

이처럼 헐벗고 초라한 만신창이가 되어,

세상의 가장 훌륭한 정원인 비옥한 프랑스에서

그 사랑스러운 얼굴을 보여주지 않는단 말입니까?

슬프게도 평화는 프랑스에서 너무 오래 전에 쫓겨나서

농작물은 무더기로 땅에 떨어져 40

번식하며 썩어가고 있습니다.

사람의 마음을 즐겁게 해주는 포도나무는

가지를 치지 않아 죽어 버리고, 가지런하게 엮었던 울타리는

산발한 죄수의 머리처럼 웃자라서

어지럽게 잔가지를 뻗치고 있습니다. 경작지에는 45

독보리, 독당근, 또 멋대로 자란 현호색이 무성한데,

이런 잡초들을 뽑아버려야 할 쟁기 날은 녹슬고 있습니다.

예전에는 점박이 앵초, 오이풀, 초록색 토끼풀들이

곱게 자라던 가지런한 풀밭도

이제는 낫질도 하지 않고, 가꾸지 않아 50

추한 참소루쟁이, 거친 엉겅퀴, 마른 가지, 옹이들만

제멋대로 자라 열매를 맺고 있으니,

아름다움도 쓸모도 없어지고 말았습니다.

이렇게 해서 포도밭이나 휴작지, 목장, 그리고 울타리가

원래 그렇듯이 황폐해지는 것처럼, 55

우리들의 가정도, 우리 자신이나 아이들도

우리나라를 꾸며주는 기술이나 지식을

잃어버리거나 시간이 없다고 배우지 않아,

병사들이 피를 보는 것만을 생각하는 것처럼

야만스럽게 되고, 60

욕설을 하고, 험악한 표정을 지으며, 난잡한 옷차림을 하며

모든 게 부자연스럽고 이상하게 보이게 되었습니다.

이것을 원래의 아름답고 품위 있는 상태로 되돌리기 위해

두 분 폐하께서 만나신 것이옵니다.

부디 어떤 방해로 고귀한 평화가 65

이러한 해악을 쫓아내지 못했으며,

예전의 모습을 되찾지 못하는지 알고자 합니다.

헨리 왕 버건디 공작, 공작이 평화를 바란다면,

그 평화를 잃었기 때문에

공작이 열거한 여러 가지 불편함이 생겼기에, 70

우리의 정당한 요구에 전적으로 동의해서

평화를 찾아야 할 것이오.

그 대의와 세부적 실행에 대해서는 문서로 열거하여

공에게 전해졌을 것이오.

버건디 이미 프랑스 국왕께 보고했으나, 75

아직 대답이 없으십니다.

헨리 왕 　　　　　그렇다면 공이 그다지도 갈망하는 평화는

프랑스 왕의 대답에 달려 있소.

프랑스 왕 서류의 항목들을 대충 훑어보았을 뿐이오.

영국 왕께 지금 위원들을 지명해 주시기를 부탁드리오. 80

그러면 우리 측과 다시 한 번 회담하여

세밀히 검토한 다음에

바로 최종 답변을 발표하겠소.

헨리 왕 형님 폐하, 그렇게 하시지요. 가세요, 엑시터 숙부님,

그리고 동생 베드포드와 글로스터, 85

그리고 워리크 백작과 헌팅든 경, 프랑스 왕을 따라 가세요.

비준하고 추가, 변경할 권한을 위임하니,

여러분의 훌륭한 지식으로

우리의 요구 조건에 있는 것이나, 없는 것이나

짐의 위엄에 이익이 되도록 살펴 처리하면   90

짐도 거기에 따르겠소. 아름다운 누님 전하,

함께 가시겠습니까? 아니면 여기 남아 계시겠습니까?

이사벨 왕비 형제이신 폐하, 저도 같이 가겠습니다.

남자들이 토의에서 지나치게 까다롭게 굴 때엔

여자의 의견이 도움이 될 수도 있으니까요.   95

헨리 왕 그러나 캐서린 공주만은 남겨두십시오.

공주는 짐의 가장 중요한 요구 조건이니까요.

이사벨 왕비 기꺼이 허락하겠습니다.

헨리 왕, 캐서린, 앨리스만 남고 모두 퇴장

헨리 왕   아름답고, 가장 아름다운 캐서린 공주,

숙녀의 귀에 들어가서   100

그 상냥한 마음에 사랑을 호소할 수 있는

그런 말을 군인인 내게 가르쳐 주시겠습니까?

캐서린 폐하께선 절 놀리십니다. 전 영국을 말할 수 없습니다.

헨리 왕 오, 아름다운 캐서린 공주, 당신이 프랑스의 마음으로 나를 깊이

사랑한다면, 당신이 서투른 영어로 고백해도 기쁘게 듣겠소.   105

나를 좋아해요, 케이트?

캐서린 뭐라고 하셨나요? '나와 같다'는²³ 말이 무슨 뜻인지 모르겠어요.

헨리 왕 케이트, 천사가 당신 같고 당신이 천사와 같아요.

캐서린 (프랑스어로) 이 분이 뭐라고 말씀하시나? 내가 천사와 같다는 말인 110
가?

앨리스 네, 황공하오나 그렇습니다. 그리 말씀하셨습니다.

헨리 왕 내가 그리 말했소. 또 그걸 인정하는 게 부끄럽지 않아요.

캐서린 (프랑스어로) 어머나, 남자들이 하는 말은 모두 거짓이야!

헨리 왕 공주가 뭐라고 말했소, 부인? 남자의 말은 모두 거짓말투성이라 115
는 건가?

앨리스 예, 공주님께서 남자들이 하는 말은 모두 거짓이라고 하십니다.

헨리 왕 그렇다면 공주는 더욱더 영국의 여자요. 사실은 케이트, 나의 청
혼은 당신이 알아듣기에 알맞소. 당신이 영어를 그 정도밖에 못 120
하는 것이 오히려 다행이오. 만약 영어를 잘 한다면, 내가 농장을
팔아서 왕관을 샀다고 생각할지도 모르니까. 난 그저 "당신을 사
랑합니다"라고 말하는 것 말고는 사랑에 대해서 비유적으로 말할
줄 몰라요. 그래서 당신이 "정말 사랑해요?"라는 말보다 복잡한 125
말을 내게 강요한다면 나는 그만 할 말이 없게 될 거요. 자, 어서
대답을 해주시오. 손을 내밀어요. 그리고 약속을 합시다. 어떻소,
공주?

캐서린 죄송하지만 잘 모르겠어요.

헨리 왕 만약 당신이 당신을 위해 시를 써달라고 하든지 춤을 추라고 하 130
면 난 끝장이에요, 케이트. 시를 쓰려니 시어도 운율도 모르고, 춤
을 추려니 박자에 서투르지만, 육체적인 힘은 제법 지니고 있어요.
만약 등 짚고 뛰어넘기를 하거나, 갑옷을 입은 채로 안장에 뛰어
오르거나 해서 여인을 얻을 수 있다면, 그리 되서는 안 되겠지만 135

당장에 아내를 차지할 수 있소. 또 애인을 얻기 위해서라면 얼마든지 싸움질을 할 것이며, 애인에게 잘 보이기 위해서라면 말을 뛰어오르게도 하겠소. 또 도살자처럼 세게 한 대 칠 수도 있고 말등에 올라타 원숭이처럼 절대로 떨어지지 않을 것이오. 하지만 신 140 앞에서 맹세하건데, 케이트, 상사병에 걸린 젊은이처럼 얼굴이 창백해지거나, 숨 가쁘게 달변을 토할 수도 없으며 엄숙하게 사랑을 고백하는 재주도 없고, 그저 솔직하게 사랑을 맹세할 뿐이요. 그 맹세도 간청하지 않으면 결코 하지 않고, 남이 아무리 졸라도 절대 145 로 깨뜨리지 않아요. 이런 조건의 사내를 당신이 사랑할 수 있다면 케이트, 얼굴을 햇빛에 그을려도 되지 않을 만큼 검고, 또 거울에 비춰 봐도 하나도 사랑할 만한 데가 없는데도, 이런 내 얼굴을 당신 눈으로 치장을 해서 보아주오. 군인답게 솔직히 말하겠소. 이런데도 날 사랑할 수 있다면 나의 아내가 되어 주오. 그렇지 못하 150 겠다면 나는 분명히 죽을 거요. 그러나 맹세코 당신을 사랑하기 때문에 죽는 것은 아니요. 어쨌든 당신을 사랑합니다. 케이트, 살아 있는 동안에 솔직하고 한결같고 꾸밈없는 사내를 택해요. 그런 사나이라면 다른 곳에서 구애를 할 재주가 없으니까 당신에게 충실할 거요. 말재주가 좋고 시를 지어서 여자들의 환심을 사는 자들 155 은 언제나 핑계를 꾸며댄단 말이오. 그렇소. 웅변가는 이야기꾼이고, 시는 유행가에 불과하오. 튼튼한 다리도 시들기 마련이고, 곧은 등은 구부러지고, 검은 수염도 하얗게 되고, 굽실거리던 머리는 벗겨지고, 아름다운 얼굴은 주름이 지고, 커다란 눈은 움푹 들어가 160 지만, 케이트, 진실한 마음은 해와 달처럼 변치 않아요. 아니, 달이 아니라 태양처럼, 항상 빛나고 변함이 없으며 꾸준히 한 자리를 지키고 있으니까. 그런 사람을 남편으로 맞고 싶다면 나를 택하시오. 나를 택하면 군인을 택하는 것이고 군인을 택한다는 건 바로 165 국왕을 택하는 것이오. 내 사랑에 대한 당신의 답은 무엇이오? 아름다운 공주, 제발 상냥한 대답을 들려주시오.

캐서린 제가 프랑스의 적을 사랑하는 것이 가능한가요? 170

헨리 왕 아니오, 케이트. 프랑스의 적을 사랑할 수는 없을 거요. 그러나 날 사랑하면 프랑스의 친구를 사랑하는 것이오. 난 프랑스를 너무 사랑해서 마을 하나도 내놓지 않을 것이오. 전부 내 것으로 하겠소. 그리고 케이트, 프랑스가 내 것이고, 내가 당신의 것이 되 175 면 프랑스는 당신의 것이오. 그리고 당신은 내 것이 되는 거요.

캐서린 무슨 말씀인지 모르겠습니다.

헨리 왕 모르겠다구요, 케이트? 프랑스어로 말하겠소. 아마 갓 결혼한 아내가 남편 목에 매달린 것처럼, 말이 내 혀에 붙어서 잘 떨어지지 않겠지만. (프랑스어로) "내가 프랑스를 소유할 때, 그리고 당신 180 이 나를 소유할 때", 그 다음에 뭐지? 성자 데니스여, 도와주시오! "그래서 프랑스는 당신의 것, 당신은 나의 것." 케이트, 프랑스어로 말하느니 차라리 프랑스를 정복하는 편이 쉽겠소. 프랑스어로는 도저히 당신을 감동시킬 수 없겠소. 도리어 웃음거리가 될 것 같소. 185

캐서린 실례지만 폐하의 프랑스어가 제가 하는 영어보다 낫습니다.

헨리 왕 정말로 그건 아니오. 케이트, 하지만 당신의 영어나 내가 쓰는 프랑스어가 실수가 있지만 진심이라는 점에서는 비슷하다고 할 수 있을 것이오. 그런데 케이트, 이런 영어는 알겠지요, "나를 사 190

랑할 수 있어요?"

캐서린 잘 모르겠어요.

헨리 왕 케이트, 당신이 모른다면 누가 알겠소? 누가 안다면 물어보고 싶소. 그러나 당신이 날 사랑한다는 걸 난 알고 있어요. 밤에 당 195 신이 침실에서 이 부인에게 내게 대해서 물어보겠지. 당신이 사 실은 내 성품을 좋아하면서도 시녀에겐 나쁘게 말하겠지? 하지만 케이트, 내게 관대하게 대해줘요. 상냥한 공주님, 난 당신을 지나 치게 사랑하고 있으니까. 당신이 내 것이 된다면, 반드시 그렇게 되리라고 믿지만, 난 케이트, 당신을 전쟁에서 싸워 얻은 셈이 되는 200 거요. 그러니까 틀림없이 당신은 훌륭한 용사를 낳을 거요. 당신 과 내가 성자 데니스와 성자 조지의 도움으로 프랑스와 영국의 피가 반씩 섞인 아들을 만들지 않겠소. 그 아들이 콘스탄티노플 로 가서 터키왕의 수염을 잡아 끌어내지 않겠소? 어때요? 나의 아름다운 백합, 말해 보시오. 205

캐서린 저는 잘 모르겠어요.

헨리 왕 아니, 이제 알게 될 거요. 하지만 지금 약속을 해 주시오. 자, 케 이트, 약속만 하면 되요. 그런 아들을 갖기 위해 프랑스의 반쪽은 당신이 노력해 주고, 영국의 반쪽은 총각으로서 왕인 내가 맡겠 210 소. 자, 어떤 대답을 주겠소? 세상에서 제일 아름다운 카트린느, 나의 소중하고 신성한 여신이여.

캐서린 폐하께선 프랑스에서 가장 현명한 처녀도 속일만한 거짓 프랑스 어를 하십니다. 215

헨리 왕 엉터리 프랑스어는 이제 꺼지라고 해요! 내 명예에 걸고 진실한 영어로 말하겠소. 케이트, 난 당신을 사랑해요. 같은 명예에 걸고 감히 당신이 날 사랑한다고 말할 수는 없지만 당신에 대한 열정 때문에 당신이 나를 사랑한다고 믿고 싶소. 못생겨서 당신의 마 $_{220}$ 음을 녹일 만한 얼굴은 못 되지만. 아버지의 야심이 원망스럽소! 내가 태어났을 때에 아버지는 내전만을 생각하고 계셨소. 그래서 난 이렇게 억센 외모에 강철 같은 모습을 타고 나서, 여인들에게 구애하면 그들이 나를 무서워하는 거요. 그렇지만 케이트, 나이 를 먹을수록 분명히 내 외모가 나아질 거요. 아름다움을 파괴하 $_{225}$ 는 노년도 내 얼굴을 더 이상 망치지는 못 할 거라고 나 스스로 위로하고 있으니까요. 만약 공주가 날 받아준다면 최악의 상태에 있는 나를 맞아들이는 거요. 당신이 나를 차지한다면 앞으로 점 점 나아질 남편을 갖게 되는 거지. 그러니까 말해 보시오, 아름다 운 캐서린. 날 남편으로 받아주겠소? 처녀의 수줍음을 벗어 버리 $_{230}$ 고 왕비의 풍모로 당신 생각을 공언하시오. 내 손을 잡고 "영국 왕 해리, 나는 당신의 것"이라 말해 보시오. 그 말로 당신이 내 귀를 축복하자마자 난 "영국은 당신의 것, 아일랜드도 당신 것, 프랑스도 당신 것, 그리고 헨리 플랜타지네트도 당신 것"이라고 큰 소리로 말하겠소. 비록 그 헨리의 면전에서 하는 말이지만, 만 $_{235}$ 약 헨리가 최고로 훌륭한 왕에 미치지 못하더라도 유쾌한 친구로 서는 최고임에 분명하오. 자, 서투른 음악으로라도 대답해 보아 요. 공주의 목소리는 음악이고, 공주의 영어는 서투르니까. 그러 니까 모두의 왕비 캐서린, 서투른 영어로 마음속을 열어 보이시오. $_{240}$ 날 남편으로 받아 주겠소?

캐서린 그건 아버지 폐하께서 좋다고 하셔야 할 것입니다.

헨리 왕 케이트, 물론 부왕이 좋다고 하실 거요. 물론 좋다고 하실 거요. 케이트.

캐서린 그럼 저도 좋습니다. 245

헨리 왕 그럼 당신의 손에 키스하고 나의 왕비라 부르겠소.

캐서린 놓아 주세요, 폐하. 놓으세요. 폐하께서 이렇게 천한 하인의 손에 입을 맞추셔서 폐하의 위엄을 떨어뜨리는 걸 원치 않습니다. 위대하신 폐하, 용서하세요. 250

헨리 왕 그럼 당신의 입술에 키스하겠소, 케이트.

캐서린 (프랑스어로) 숙녀나 처녀가 결혼도 하기 전에 키스하는 것은 프랑스의 풍습이 아닙니다.

헨리 왕 통역관 부인, 그녀가 뭐라 했소?

앨리스 프랑스의 숙녀에게는 풍습에 맞지 않습니다. 입 맞추는 것을 영 255 어로 뭐라 하는지는 모르겠습니다.

헨리 왕 키스한다고 하오.

앨리스 폐하께선 저보다 잘 아십니다.

헨리 왕 그럼 프랑스에선 처녀가 결혼 전에 키스하는 풍습이 없단 말인가? 260

앨리스 예, 그렇습니다.

헨리 왕 오, 케이트. 까다로운 풍습도 위대한 왕 앞에서는 무릎을 굽히는 법이오. 당신이나 나는 한 나라의 풍습과 같은 별것 아닌 제한에 구속될 사람이 아니오. 풍습은 우리가 만드는 거요. 그러니까 우 265 리의 신분에 따르는 자유가 흠잡는 사람들의 입을 막아주는 거요. 당신이 당신 나라의 까다로운 풍습을 방패삼아 키스를 안 하

려고 하니까 내가 당신의 입을 막는 거나 마찬가지로. 그러니 순
순히 내 말을 들어요. (키스한다) 당신의 입술엔 마법이 들어있는가,
케이트. 그 달콤한 감촉은 프랑스 대신들의 혀보다 훨씬 더 유창 270
하군. 군주의 간청보다 더 빨리 영국의 해리왕의 마음을 설득시
키는걸. 자, 부왕께서 오시는군요.

프랑스 왕과 왕비, 버건디 공작과 영국 귀족들 등장

버건디 신의 가호가 있으시길, 폐하!

우리 공주님께 영어를 가르치시옵니까? 275

헨리 왕 공작, 내가 얼마나 깊이 공주를 사랑하는지를 가르치려고 하오.

그것이야말로 훌륭한 영어니까.

버건디 공주님께선 빨리 배우시지요?

헨리 왕 우리 영어는 원래 거칠고 난 성품도 부드럽지 못하오, 공작. 그

래서 말소리도 마음도 아첨의 말을 할 줄 모르니 내 마음속에서 느 280
끼는 사랑의 감정을 공주의 마음에 불러일으킬 수가 없소.

버건디 소신이 호탕하고 솔직하게 대답하겠사오니 용서해주소서. 폐하께

서 공주님 마음에 사랑의 감정을 불러일으키려면 이렇게 마법의
동그라미를 그리셔야 합니다. 그리고 사랑의 본래의 모습으로 불 285
러내시려면 큐피드처럼 벌거벗고 눈먼 모습으로 나타나야 할 것
입니다. 아직 분홍빛 처녀의 수줍음을 지닌 공주님께서 마음을
열고 눈먼 나체 소년을 보기를 거부했다고 공주님을 나무랄 수 있 290
겠습니까? 처녀로서는 승낙을 하기가 어려울 것 같습니다.

헨리 왕 하지만 사랑은 눈멀고 떼를 쓰는 것이니까 눈을 질끈 감고 받아

들이는 것 아닌가.

버건디 자기가 무엇을 원하는지 보지 못한다면 어쩔 수 없는 일 아닙니까?

헨리 왕 그러니 공작, 어서 공주께 눈을 감고 승낙하라고 가르쳐 주시오. 295

버건디 제 뜻을 공주님께서 받아들이도록 해주신다면 제가 한 쪽 눈을
찡긋해 공주님이 승낙하도록 신호를 보내겠습니다. 처녀들이 잘
먹고 성숙하게 되면 8월 24일 성 바톨로뮤 제일 때의 파리들같이
둔해져서 눈이 먼 거나 다름없습니다. 그 전에는 쳐다만 봐도 도
망가던 것이 그때쯤 되면 손으로 잡아도 가만히 있지요.   300

헨리 왕 그러니까 요지는 한여름이 가기를 기다리라는 뜻이군. 늦여름이
되면 당신 사촌인 그 파리를 잡겠소. 그 때는 공주도 장님이 될
테니까.

버건디 사랑하는 사람 앞에서는 눈이 멀게 되죠.   305

헨리 왕 그렇소. 여러분 중에는 내가 사랑에 빠져 눈멀게 된 걸 감사하
는 사람이 있을 거요. 내 앞을 가로막고 서 있는 한 아름다운 프
랑스 처녀 때문에 수많은 아름다운 프랑스의 도시들을 보지 못하
기 때문이요.

프랑스 왕 아니오. 폐하는 그 도시들을 투시도법으로 보셔서 그것들이 처 310
녀로 보일 것입니다. 왜냐하면 그 도시들은 한 번도 전쟁으로 침
략당한 적이 없는 처녀의 성벽으로 둘러싸여 있으니까요.

헨리 왕 케이트를 아내로 맞을 수 있겠습니까?

프랑스 왕 뜻대로 하소서.

헨리 왕 지금 말씀하신 처녀도시들이 공주의 시녀가 되어 준다면 만족 315
하겠습니다. 그러면 길목에서 나의 희망을 가로막았던 처녀가 나

의 소망을 이루도록 인도해 주는 셈이니까요.

프랑스 왕 나는 합리적인 조항에는 모두 동의했소.

헨리 왕 경들, 그게 사실이오?

웨스모얼랜드 프랑스 왕께서는 모든 조항을 수락하셨습니다. 320
첫째로 공주님을, 그리고 모든 조항을
분명히 제안된 조건에 따라서 말입니다.

엑시터 다만 한 조항만은 아직 동의하지 않으셨습니다. 폐하께서 요구하
신 대로 프랑스의 왕이 땅이나 지위를 하사할 경우에 폐하를 다
음과 같은 형식으로 부가하여 언급하실 것에 대한 조항입니다. 프 325
랑스어로 노트르 트레 쉐르 휘스 앙리, 루아 당글레떼르, 에리티
에 드 프랑스.²⁴ 라틴어로는 프래 클라리시무스 휠리우스 노스테
르 헨리쿠스, 렉스 앙글리에 에 헤레스 프란시에라고 합니다.

프랑스 왕 이것도 내가 거부하지는 않았고
동생이 요구하면 통과시킬 거요. 330

헨리 왕 그러면 사랑과 소중한 동맹을 위해
그 한 조항도 다른 조항과 똑같이 처리해주시고,
따님을 제게 주십시오.

프랑스 왕 나의 사위, 공주를 데려 가서 그녀에게서
나의 자손을 낳으시오. 그리고 영국과 프랑스가 335
서로의 행복을 시기해서
양국의 해안이 창백하게 보이도록 다투는
두 왕국 사이의 미움을 없애 주시오.
그리고 이 엄숙한 결합으로 양국의 우애로운 가슴에

우정과 기독교도다운 화목을 심어 340

다시는 영국, 프랑스 양국 간에 전쟁으로

피 흐르는 칼을 내미는 일이 없기를 기원하오.

일동 아멘.

헨리 왕 자, 케이트, 어서 오시오. 여러분 모두가 증인이 되어 주시오.

지금 나는 여기서 나의 왕비로서 공주에게 입을 맞출 테니. 345

키스한다. 나팔의 화려한 팡파레

이사벨 왕비 모든 결혼을 주관하시는 신이여,

두 사람의 마음도, 두 사람의 영토도 하나로 맺어 주소서!

남편과 아내가 몸은 둘이나 사랑으로 하나가 되듯이,

두 왕국도 그렇게 맺어지기를 바랍니다. 350

그래서 축복받은 결혼의 잠자리를 어지럽히는

악의에 찬 몹쓸 짓이나 무서운 질투가

굳게 맺은 두 나라에 끼어들어

하나로 결합한 이 동맹을 깨뜨리는 일이 없도록 해주소서.

영국인은 프랑스인으로서, 프랑스인은 영국인으로서 355

서로를 받아들입시다. 신이여, 이 기도를 들어주소서.

일동 아멘.

헨리 왕 혼인 예식을 준비합시다. 버건디 공,

그 날 공작과 모든 귀족들이

우리의 동맹을 보증하기 위해 내게 서약을 할 것이오. 360

그러고 나서 케이트, 나는 당신에게 맹세를 하고 당신도 내게 맹세할거요.

우리들의 서약이 잘 지켜지고, 번창하기를 빌겠소!

나팔 소리. 모두 퇴장

에필로그

코러스 등장

이렇게 여기까지 거칠고 부족한 글 솜씨로
작가는 겸손하게 이야기를 이끌어 왔습니다.
좁은 공간에 용맹스런 인물들을 등장시켜
영광스러운 그들의 이야기를 토막토막 난도질했습니다.
짧은 세월이었지만, 그동안 영국의 별 헨리 왕은   5
위대하게 살았습니다. 운명은 그가 칼로써
세상에서 가장 아름다운 정원 프랑스를 얻고
아들에게 그 왕의 자리를 물려주게 했습니다.
헨리 6세는 강보에 싸인 채 아버지의 왕위를 물려받아
프랑스와 영국의 왕이 되었습니다.   10
너무나 많은 이들이 정국을 좌지우지하여
프랑스를 잃고 영국도 피를 흘리게 만들었습니다.
그 이야기는 이전에 무대에서 보여 드렸습니다. 그것들을 즐기셨
  으니
이 작품도 너그럽게 받아주시기 바랍니다.

퇴장

- 주

1. 헨리 왕의 증조부인 에드워드 3세의 어머니 이사벨라는 프랑스 왕 필립 4세의 딸이었다.
2. 프랑크 왕국의 전설적인 시조.
3. 홀린셰드 『연대기』의 오류. 역사상 실제로 대머리왕 샤를르 2세이나 샤를마뉴로 기록됨.
4. 무용으로 이름을 날린 흑태자 에드워드(Edward the Black Prince)는 에드워드 3세의 장남이었으나 왕위에 오르지 못하고 요절함.
5. 고의적인 살인(wilful murder)으로 연결되어야 할 형용사를 간통과 연결시킴으로써 희극적 효과를 불러일으킴.
6. solus(alone의 라틴어). 피스톨은 라틴어를 이해 못하고 모욕으로 받아들임.
7. 6실링 8펜스의 화폐
8. 아브라함
9. Lucius Brutus. 로마 공화정의 창시자. 폭군 수퍼버스(Superbus)를 몰아내기 위해 정신 이상을 가장함.
10. 이 장면의 모든 대화는 프랑스어로 진행된다.
11. 음란한 의미를 지닌 프랑스어 con과 foutre와 발음이 유사함.
12. 영국을 지칭함.
13. 플루얼렌의 사투리. 플루얼렌은 알파벳 b를 p로 발음하는 버릇이 있다(bridge → pridge).
14. 당시에 원정군을 이끌고 아일랜드에 파견된 에섹스백작을 지칭함.
15. 총사령관의 애인은 성병에 걸려 머리털이 하나도 없음.
16. 프랑스어로 왕을 뜻하는 단어 le Roi.
17 이 장면에서 프랑스 병사는 프랑스어로 말한다.
18. 좋은 가문이라는 뜻의 프랑스어 qualite이나 피스톨은 의미를 모르고 아일랜드 민요의 후렴구를 외운다.
19. 오, 주여!라는 뜻의 프랑스어 Seigneur Dieu.
20. 나를 의미하는 프랑스어 moi이나 피스톨은 의미를 모르고 동전의 종류로 잘못 이해한다.

21. 팔이라는 뜻의 프랑스어 bras이나 피스톨은 놋쇠를 뜻하는 brass로 이해함.
22. 웨일즈의 마지막 왕으로 7세기경 색슨족에 맞서 웨일즈를 지킴.
23. 캐서린은 좋아한다는 뜻의 영어 like를 ~와 같다는 뜻으로 혼동함.
24. 친애하는 나의 아들 헨리, 영국 왕이며 프랑스의 계승자라는 뜻.

작
품
설
명*

1. 저작 연대와 텍스트

　『헨리 5세』의 저작 시기는 대략 1599년 봄에서 여름 사이로 보는데 그것을 뒷받침하는 몇 가지 근거가 있다. 첫 번째로 5막의 코러스의 대사 중에 나오는 "여왕폐하의 장군님"은 1599년 3월 25일 엘리자베스 여왕의 명을 받고 아일랜드의 반란을 진압하러 떠난 에섹스 백작(Earl of Essex)을 지칭한다는 사실이다. 그러나 1599년 4월 15일 아일랜드에 상륙한 에섹스는 기대와는 달리 진압에 실패하고 9월 28일 런던으로 돌아온다. 만약 이러한 인유가 맞는다면 이 작품은 1599년 3월과 그 해 9월 사이에 쓰이고 상연된 것으로 추측할 수 있다.

---

* 작품 해설은 Taylor, Gary. *The Oxford Shakespeare: Henry V*. Oxford: Oxford UP, 2008.의 "Introduction"과 Craik.T.W. *The Arden Shakespeare: King Henry V* (3rd Series). London: Routledge, 1995.의 "Introduction", 그리고 Wikipedia를 참고하였고, 역자의 논문 「전쟁드라마 『헨리 5세』에 나타난 계층갈등과 이데올로기의 균열」. 『고전 르네상스 영문학』 21.2 (2012): 73-99을 토대로 하여 작성되었다.

1599년을 『헨리 5세』의 저작 연대로 보는 다른 이유가 있다. 프롤로그에서 코러스는 이 연극이 공연되는 장소를 "원형의 목조건물"로 언급하는데 이 극을 초연한 챔벌린 극단(Lord Chamberlain's Men)이 그들의 새로운 극장인 글로브를 차지한 것이 1599년이었다. 혹시 이 극이 글로브 극장이 완공되기 전에 커튼(Curtain) 극장에서 초연되었다 할지라도 셰익스피어는 『헨리 5세』를 집필하면서 이 작품이 한 동안 글로브 극장의 레퍼토리로 남아 있을 것을 염두에 두었을 것이다. 또 한 가지 이유는 5막의 코러스가 헨리 왕의 승전귀향을 시저의 입성에 비유하는 대목인데 이즈음 작가는 이미 다음 작품인 『줄리어스 시저』를 구상하고 있었으리라 짐작되는 대목이다. 당시에 영국을 방문했던 스위스인 토머스 플래터(Thomas Platter)는 1599년 9월 21일 글로브 극장에서 『줄리어스 시저』의 공연을 보았고 그것은 에섹스가 런던에 돌아오기 바로 일주일 전의 일이었다.

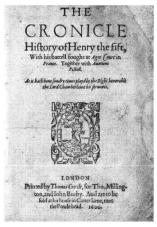

제1사절판의 표지(1600)

『헨리 5세』는 두 개의 텍스트로 존재한다. 1600년 8월에 처음으로 사절판(First Quarto)으로 인쇄되었으며 1602년, 1619년에 두 번째, 세 번째 사절판이 나온 이후 1623년 셰익스피어의 비극과 희극, 사극을 총망라한 전집인 이절판(Folio)으로 인쇄되어 나왔다. 그런데 흥미로운 점은 이 두 텍스트가 상당히 다르다는 사실이다. 셰익스피어의 다른 작품, 예를 들어 『햄릿』, 『오델로』, 『리어왕』, 『리처드 3세』, 『트로일러스와 크레시다』 등도 두 가지 텍스트가 존재하지만 『헨리 5세』에 비해서는 둘 사이의 차이가 크지 않다. 가장 두드러지는 차이는 먼저 나온 제1사절판(Q1)이 23년 뒤에 나온 이절판(F1)보다 길이가 훨씬 짧다는 점이다. 이 작품의 중요한 비중을 차지하는 코러스 부분이 모두 빠진 것을 비롯해, 1막 1장과 2장에 등장하여 헨리 왕의 프랑스 원정을 지원하고 현실적인 이익을 취하겠다는 성직자들의 논의 장면, 2막 1장에서 퀴클리 부인이 폴스태프의 죽음에 헨리 왕의 책임을 언급하는 장면, 2막 2장에서 케임브리지가 반역을 일으킬만한 다른 이유가 있음을 암시하는 장면, 3막 3장에서 하플뢰르성 주민에게 헨리가 잔인한 최후통첩을 내리는 장면, 5막 2장에서 헨리 왕이 일으킨 전쟁으로 프랑스에 초래된 황폐함을 버건디 공작이 묘사하는 장면 등이 Q1에는 존재하지 않는다. 이러한 생략에 대해서 편집상의 실수, 공연 시간을 단축하기 위해서, 코러스를 맡을 만한 배우가 부족하여 배역을 줄이기 위해서 등의 이유를 추측해 볼 수 있는데 결국 이 작품이 첫 공연되었던 1599년 봄에서 여름이후 검열을 거치거나 공연에서 생략되었다는 결론을 내릴 수 있다. 이런 정황으로 볼 때 Q1은 공연된 연극의 기억을 바탕으로 구술되어 작성된 텍스트로 짐작할 수 있다. 이러한 이유에서 『헨리 5세』를 편집한 대부분의 비평가들은 이절판이 사절판보다 나중에 인쇄되었으나 그것이 더 이전에 작성된 작가의 초고에 가까운 텍스트라는 점에 동의한다.

2. 전쟁드라마 『헨리 5세』: 민족 서사시인가, 반전 드라마인가?

셰익스피어의 마지막 역사극 『헨리 5세』는 앞서서 나온 역사극과 일련의 사부작을 이루며 역사상 뛰어난 군주로 거듭나 프랑스와의 전쟁에서 승리를 거둔 헨리 5세의 이야기를 다루고 있다. 셰익스피어 작품의 원전중의 하나인 작가 미상의 『헨리 5세의 유명한 승리』(*The Famous Victories of Henry the Fifth*)를 비롯하여 1580년대와 1590년대 초에 이미 3편의 희곡이 헨리 5세의 무용담을 다루고 있을 정도로 헨리 5세는 인기 있는 소재였다. 당시 관객들에게 헨리 왕의 프랑스 원정 이야기는 외국과의 전쟁을 통해 나라를 지키고 국세를 확장하는 군주의 위용을 떨치는 귀감으로서 당시 영국의 팽창주의 분위기에 맞춰 애국심을 고취시키는 선전극의 역할을 수행하기에 알맞은 소재였다. 이러한 맥락에서 1590년대 말에 초연된 『헨리 5세』가 앞선 셰익스피어의 사극들처럼 큰 인기를 누리는 것은 자명한 사실이었다. 그러나 실제로 이 작품은 기대했던 바와 같은 인기를 누리지 못한 것 같다. 1600년 8월에 초판이 나오고 1602년, 1619년에 두 번 재판이 나온 이후 1623년 이절판(Folio)이 나올 때까지 다시 인쇄된 기록은 존재하지 않는다.

물론 『헨리 5세』가 기대했던 것만큼 인기를 누리지 못했던 이유로 이 작품에서 헨리 왕과 비유될 정도로 백성의 기대와 사랑을 받던 에섹스 백작이 1601년 이후 몰락했던 정치적 배경과 다른 한편으로 역사극에 대한 관심이 시들해져 가던 당시의 문학적 풍토를 들 수 있다. 그러나 이 작품이 1944년 제2차 세계대전이 한창인 때에 로렌스 올리비에감독에 의해 영화로 만들어졌을 때에 많은 부분이 생략되고 각색되었던 것처럼 애국심을 고취시키는 연극이 필요한 국가 위기 시에 국가의 정책이나 필요에 따라 수정되고 편집되는 운명을 겪을 수 있다. 따라서 1600년에 나온 첫 번째 사절판(First Quarto)에서『헨리 5세』초고의 많은 부분이 생략되고 인쇄된 것은 앞에서 언급한 여러 가지 이유 외에도 이 작품이 1599년 이 극의 초연을 관람했던 관객들의 기대에 부응하지 못했든지, 아니면 당시의 조정의 입장에 적극적으로 동조하지 못한 부분이 있었음을 짐작할 수 있다.

당시의 역사적 배경을 고려하지 않고『헨리 5세』라는 작품을 볼 때에도 이 극의 작품 세계는 많은 모순적인 요소를 포함하고 있다. 이 극은 막이 시작할 때마다 극중 흐름을 중단시키며 코러스가 등장하여 해설자의 입장에서 관객의 관극 태도를 지도하는 특이한 구성을 지니고 있을 뿐더러 이러한 코러스의 서술은 극 자체의 재현과 모순된다.『헨리 5세』에서 군주의 입장을 설파하는 코러스의 서사와 실제 극이 진행되는 방식에는 많은 차이가 있어서 이 차이는 해석상의 모순과 아이러니를 만들어낸다. 따라서 이 작품은 보는 입장에 따라 애국심을 고취시키는 선전극이거나 그와는 반대로 반전 메시지를 담고 있는 것으로 해석되어 왔다. 대체적으로 헨리의 호전적인 제국주의 이데올로기에 동조하는 사람들은 이 극을 긍정적으로 받아들이지만 헨리라는 인물을 혐오하는 사람들은 이 극을 싫어하거나 작가가 여기서 헨리 왕과 그의 전쟁을 비판하고 있다고 보았다.

『헨리 5세』가 집필되고 초연된 시기는 엘리자베스 1세의 재위 말기에 해당하는 시기로 당시의 가장 큰 정치적 이슈는 아일랜드와의 전쟁이었다. 1588년 스페인 무적함대의 격퇴 이후 영국 왕정에 재정적으로 엄청난 희생을 주었던 스페인과의 전쟁은 아무런 이득 없이 끝났으며 대륙의 강력한 절대왕정 국가들에 맞서 정면으로 진출할 수 없었던 엘리자베스 여왕의 팽창주의는 최대 규모의 영국군을 아일랜드 원정에 퍼붓게 되었다. 『국가의 시작』(*Threshold of a Nation*)의 저자 필립 에드워즈에 의하면 영국이 프로테스탄트 국가를 건설함으로써 가톨릭 세력에 대항하여 자국의 종교와 국민을 지키려는 종교적 이상주의가 영토 확장을 통한 대영제국 건설의 욕망과 결합하여 나타난 것이 해외에 식민지를 개척하려는 팽창주의였다(73). 그러나 이런 팽창주의의 이면에는 식민지에서의 가혹한 반란의 진압과 잔인한 정책이라는 현실이 빠질 수 없었으며 영국이 당면하고 있던 아일랜드 사안이 불러일으키는 이런 문제점은 『헨리 5세』에서 프랑스와의 전쟁을 통해 보여주는 갈등과 모순으로 반영된다.

4년간의 기근과 10년이 넘게 네덜란드, 스페인, 프랑스와의 전쟁에 지친 후에 또 다시 아일랜드와의 대규모 군사 기획에 동원되는 당대 관객들에게 전쟁 드라마 『헨리 5세』가 불러일으킨 다양한 반응은 이 극의 재현 방식이 상호 모순적인 서사 방식에 의존하며 따라서 이 극이 전달하는 메시지가 양가성을 지닌다는 점과 연결될 수 있다. 따라서 『헨리 5세』가 셰익스피어의 이전 사극과는 달리 복잡하고 특이한 극적 구조를 지님으로써 다양한 해석의 가능성을 제시하는 점은 이 작품이 생산된 당시 영국이 당면하고 있던 아일랜드 전쟁에 대한 여러 계층의 복합적인 반응과 관계있으며, 나아가서 작가가 애국심을 표방하는 영웅 드라마 속에 다양한 목소리를 담아내려는 의도를 지니고 계획된 것이라고 볼 수 있다.

아일랜드 전쟁과 마찬가지로 『헨리 5세』의 극중 배경인 영국과 프랑스의 전쟁도 양편에게 많은 인력 손실과 비참한 고통을 초래하였다. 따라서 군주에게 있어 막대한 희생을 감수하면서 전쟁을 치를 명분을 찾는 것은 매우 중요한 일이었다. 헨리 왕은 프랑스 원정의 명분을 선대왕 에드워드 3세가 획득한 프랑스 왕위계승권을 회복하는 것에서 찾고 있다. 그러나 이미 캔터베리 대주교와 일리 주교의 밀담을 통해 교회 영지를 몰수하는 법안의 통과를 저지시키는 대가로 이들이 프랑스 원정에 많은 기부금을 국왕에게 내겠다는 모종의 결탁을 암시한다. 이렇게 볼 때 헨리는 프랑스의 왕위 계승권을 획득함으로써 영국에서의 불안한 왕권을 확립하려는 야심을 감추고 프랑스 전쟁을 성직자들의 지지와 승인 하에 성스럽고 정당한 권리를 주장하는 것으로 만들기 위해 잘 짜인 각본에 따라 연기하고 있다. 그러나 표면적으로 헨리가 염려하는 듯이 보이는 백성들의 안위는 실제로는 그의 관심사가 아니라는 사실이 드러난다.

셰익스피어는 모든 사람들이 같은 생각으로 전쟁을 지지한다는 생각은 허구나 소망에 불과하다는 것을 코러스의 서사와 여타 인물들의 언행 사이의 괴리를 통해 보여준다. 이 극에서 헨리 왕의 목소리를 대변하는 코러스의 시각은 제한되어 있어 다양한 계층의 불만과 이해관계를 보지 못한다. 『헨리 5세』에서 코러스는 지배 계층이 감추고 싶은 당면한 문제나 불편한 진실을 직접 언급하지는 않지만 자신의 서사를 통해 도리어 관객에게 상기시키는 역할을 한다(Bradshaw 57). 예를 들어 3막에서 우렁찬 나팔소리와 함께 등장한 코러스는 "턱수염이 한 올이라도 난 사람 중에 프랑스 원정의 정예부대에 뽑혀서 따라가기를 원치 않는 사람이 있겠는가?"라는 수사적 질문을 던지지만 곧 이어지는 "런던의 술집에 있다면 얼마나 좋을까! 몸만 안전하다면, 술 한 잔 할 수만 있다면 명예 같은 건 내버리고 말텐데"라는 소년의 대사와 아이러니를 이룬다. 1590년대 영국의 사회는 계속되는 징병과 전쟁 준비로 인한 세금의 과중한 부담, 흉년으로 인한 식량 부족, 전사한 병사들의 가족과 귀환 병사들의 경제적 궁핍 등으로 암울한 상황이었다.

과중한 경제적 부담 외에 『헨리 5세』가 제기하는 전쟁의 부작용은 징집 문제와 귀환 병사들의 문제이고 이 또한 아일랜드 전쟁이라는 실제 상황이 프랑스와 영국의 전쟁이라는 극중 상황에 반영된다. 1596년부터 1599년까지 영국은 계속 전쟁 상태에 있었으며 모병을 맡은 관리들이 징집되어 전쟁에 나가야 하는 사람들로부터 돈을 받고 면제해 주고 그 대신에 부적격자를 전쟁에 내보내는 등의 부패가 만연했다. 당시 군대를 모집하는 과정에서 병사로 복무할 자격이 있는 사람을 뽑으라는 요구가 끊이지 않는 것은 떠돌이와 범법자를 징집하는 일이 흔히 일어났다는 사실을 입증한다. 도둑질, 강도, 심지어 살인을 저지른 부랑자들을 전쟁에 내보냄으로써 죄를 면하게 해주는 관행은 군대를 채우는 효과적인 방법인 동시에 범법자들에게도 형벌을 피하는 수단으로 이용되고 있었다. 또한 이와 같은 부랑자와 범법자들이 전쟁에서 돌아왔을 때 야기되는 사회 문제 또한 심각한 우려를 낳았다(Lane 32-33). 처음부터 말거머리같이 적의 피를 실컷 빨아 마시겠다고 전쟁에 나간 피스톨이 프랑스 전쟁이 끝난 후 영국으로 돌아가 상이군인인 척하며 뚜쟁이 노릇과 소매치기로 연명하겠다는 말은 이런 상황을 단적으로 보여준다.

영국이 대영제국을 건설하는 과정에서 타민족을 수용하는 것만큼이나 어려운 문제는 바로 계급적 통합을 이루는 일이다. 이 극에서 계급간의 차별과 지배 관계, 그리고 지배 이데올로기에 대한 저항과 불만은 프랑스의 전쟁터에서 잘 나타난다. 프랑스의 전장에서 대중과 하층 계급의 목소리는 끊임없이 전쟁의 동기와 정당성에 대해 의문을 제기하고 회의적인 태도를 표한다. 돌리모어가 지적하듯 실제로 외국과의 전쟁은 물질적, 이념적 이해관계가 대립하는 장으로서 공동의 적에 대항해서 나라가 일치를 이루어야 한다는 가정은 많은 갈등과 모순을 불러일으킨다. 극중에서 헨리 왕과 신하, 교회가 전쟁에 대해 각기 다른 견해를 지니고 있는 것만큼이나 평민 계층이 전쟁에 대해 갖고 있는 생각과 이해관계는 다양하다. 이런 측면에서 볼 때 전쟁은 국민 전체가 단일한 목적을 공유한다는 생각 자체를 의심하게 만드는 경향이 있다(117-18). 전쟁을 일으킨 헨리 왕의 입장에서 볼 때 가장 중요한 것은 전쟁의 동기를 정당화시켜 병사들의 완전한 복종을 얻어내고 개인적으로는 전쟁의 책임을 회피하는 것이다. 헨리는 이미 극의 초반에서 전쟁의 책임을 성직자와 프랑스 왕세자에게 전가시킨 바 있으나 프랑스의 전쟁터에서 전쟁의 정당성에 회의를 품는 병사들과 대면하게 된다.

헨리와 대면하는 3명의 병사 베이츠, 코오트, 그리고 윌리엄즈는 전쟁이 불러일으키는 계층 간의 차별과 불공평함, 그리고 책임의 문제를 언급한다. 전쟁에서 지위와 계층에 따라 불공평하게 감당해야 하는 고통과 위험은 병사들로 하여금 전쟁에 대해 회의적인 태도를 갖게 한다(Lane 31). 반면에 헨리가 병사들을 대하는 태도를 통해 그의 기회주의

적인 면모가 나타난다. 4막의 코러스는 헨리 왕이 부하 장병들을 찾아다니며 겸손한 미소와 더불어 진심에서 우러나는 인사를 보내며 "형제여, 친구여, 동포라고 부르고 있다"고 말하지만 실제로 헨리 왕은 마음속으로는 평민들을 배만 부르면 아무 걱정도 없이 곤히 잠을 자는 노예에 비유하며 경멸감을 표시한다. 헨리와 병사들과의 만남은 결국 윌리엄즈와의 말다툼으로 끝난다. 간밤에 헨리는 병사들과 형제애를 이루는 데 실패하고 자기 연민과 자기 처지에 대한 불만, 평민 계층에 대한 경멸을 표했지만 날이 밝자 아진코트의 전투에서 함께 피를 흘리는 병사들은 "나의 형제"가 될 것이며, "아무리 신분이 천한 사람도 오늘부터 고귀한 신분이 될 것이다"라고 말한다. 그러나 헨리는 전쟁에 이기자 영국 측 전사자의 기록 중에서 귀족 출신 4명의 이름만 언급하고 그 밖의 이름 없는 병사 25명의 죽음은 침묵 속에 묻어 버린다.

작가는 에필로그를 통해 관객들에게 결혼으로 마무리되는 전통적인 희극의 해피엔딩을 허용하지 않고 헨리가 아진코트에서 이룩한 전설적인 승리가 결국 아무것도 성취하지 못했다는 사실을 인정한다. 셰익스피어의 이런 시도는 작품에서 지속적으로 코러스와 극의 실제 진행 방향이 모순을 이루었던 것과 일맥상통한다. 그러나 앞서서 관객이 역사를 보는 시각을 헨리 왕이 의도하는 방식으로 통합시키려는 코러스의 노력을 극 중 인물들의 행동과 대사가 방해하고 분열시켰던 것과 정반대로, 결말 부분에서는 해피엔딩으로 끝맺으려는 극 전개를 훼손시키는 코러스의 서사가 헨리 왕의 성취가 실제 역사 속에서는 자리 잡을 수 없었다는 사실을 상기시킨다.

『헨리 5세』는 이전 사극 작품들이 전쟁을 전면에 다루고 있더라도 군주를 비롯한 지배 계층의 정치 담론 중심으로 쓰인 것과 달리 전쟁의 명분에 대한 확신이 없는 대중이 그들에게 부과되는 지배층의 요구에 대해 다양한 방식으로 저항하는 모습과 전쟁에 대한 불안을 보여준다. 또한 지배 계층이 전쟁이라는 국가의 위기에 직면하여 국민적 통합을 이루려는 염원이 이상에 불과한 것임을 드러낸다. 결국 대영제국을 형성하려는 제국주의적 기획이 의문의 여지없는 국민적 일치에 기반을 둔 것이 아니라 많은 모순과 갈등을 내포하고 있음을 이 작품을 통해서 알 수 있다. 이러한 모순과 갈등은 16세기 말 아일랜드와 영국과의 전쟁이 한창인 시기에 작품의 배경인 15세기 프랑스의 전쟁터에서 계층 간의 갈등과 이데올로기의 균열로 표현된다.

결론적으로 셰익스피어는 프랑스 전쟁의 정당성에 대해 비판적인 의문을 제기하는 평민을 등장시킴으로써 영국의 아일랜드 정책과 전쟁의 필요성에 대해 회의적인 태도를 표명한다. 에섹스의 아일랜드 원정에 대한 불안감과 전쟁에 지친 대중의 피로감에 대한 작가의 인식은 작품에서 영국의 팽창주의에 대한 대항 담론을 생산해 내게 된다. 한편으로 작가가『헨리 5세』이후로 더 이상 사극을 쓰지 않았다는 점을 감안할 때 군주와 그가 일으키는 전쟁을 애국적인 측면에서 전폭 지지함으로써 당시 관객들의 자기만족적인 기대에 부응하는 작품을 쓸 수 없었음을 간접적으로 시사한다.

3. 『헨리 5세』의 공연과 영화

『헨리 5세』는 1599년 봄부터 여름 사이에 새로 지은 글로브 극장에서 챔벌린 경의 하인들 극단에 의해 초연되었으며 정확한 공연날짜가 전해지는 것은 1605년 1월 7일 제임스 1세의 궁궐에서의 공연이다. 이후 1723년에 다시 무대에서 상연되었으며 1900년에 브로드웨이에서 54회 공연되었다.

이 극은 전쟁 시기에 공연되어 애국심을 고취시키는 역할을 담당하였을 뿐 아니라(1746년의 드루어리 레인(Drury Lane) 공연, 1914년의 F.R. 벤슨(Benson) 공연, 2차 대전 중의 로렌스 올리비에의 공연), 반면에 반전 메시지를 전달하는 도구로도 사용되었다. 1969년 베트남전에 반대하는 마이클 칸(Michael Kahn)의 공연, 영국의 포클랜드전쟁에 반대하는 메시지를 담고 있는 에이드리언 노블(Adrian Noble)의 1984년 RSC 공연과 마이클 바다노프(Michael Bogdanov)의 1986 ESC 공연 등이 그 예이다.

1960년대 들어서 『헨리 5세』의 공연은 큰 변화를 겪게 되는데 이전의 로렌스 올리비에 작품의 스펙터클과 웅변 중심의 추세를 벗어나 이 작품의 양가적 특징을 부각시키는 공연들이 나온다. 이런 변화는 마이클 랭험(Michael Langham) 의 두 공연의 차이에서 뚜렷하게 보이는데 크리스토퍼 플러머(Christopher Plummer)를 주연시킨 낭만적 색채의 1956년 공연과 더글러스 레인(Douglas Rain)을 캐스팅한 10년 후의 반낭만적 색채의 공연이 그것이다. 1964년의 피터 홀(Peter Hall)과 존 바튼(John Barton)의 RSC 공연은 이 시기를 대표하는 공연 중의 하나로 들 수 있다.

1989년 케네스 브래너의
『헨리5세』 영화 포스터

영화로 각색된 것 중에 3개의 주요 작품이 있다. 1944년에 로렌스 올리비에에 의해 영화로 만들어진 『헨리 5세』는 셰익스피어 시대 글로브극장의 화려한 장면으로 시작하여 아진코트의 전쟁의 사실적 장면으로 차츰 변해가는 구조를 취하며 2차 세계대전 중 노르망디 공격을 앞두고 국가적 단결과 애국심의 고취에 기여한 것으로 평가된다. 두 번째 작품은 1989년 케네스 브래너(Kenneth Branagh)가 주연, 감독한 영화로 무겁고 심각한 어조와 사실적인 톤으로 전쟁의 참혹함을 부각시키고 있다. 선전극적인 기능을 수행하기 위해 시각적 효과를 강조하고 등장인물의 내면을 보여주지 않은 올리비에의 영화에 비해 브래너의 작품은 헨리 왕의 내면적인 고뇌에 초점을 맞춤으로써 대중에게 어필하였다. 톰 히들스턴(Tom Hiddleston)이 주연한 세 번째 영화는 문화올림픽을 표방한 런던올림픽을 기념하여 『공허한 왕관』(*The Hollow Crown*) 시리즈의 일환으로, 2012년 영국 BBC에 의해 만들어졌다.

■ 참고 문헌

Bradshaw, Graham. *Misrepresentations: Shakespeare and the Materialists.* Ithaca: Cornell UP, 1993.

Dollimore, Jonathan and Alan Sinfield. "History and Ideology, Masculinity and Miscegenation: The Instance of *Henry V*". Sinfield, Alan. *Faultlines: Cultural Materialism and the Politics of Dissident Reading.* Berkeley: U of California P, 1992. 109-142.

Edwards, Philip. *Threshold of a Nation.* Cambridge: CUP, 1979.

Highley, Christopher. *Shakespeare, Spenser, and the Crisis in Ireland.* Cambridge: CUP, 1997.

Lane, Robert. "When Blood is Their Argument: Class, Character, and Historymaking in Shakespeare's and Branagh's *Henry V*". *ELH* 61.1(1994): 27-52.

Shakespeare, William. Ed. T.W. Craik. *The Arden Shakespeare: King Henry V* (3rd Series). London: Routledge, 1995.

Taylor, Gary. "Introduction". *The Oxford Shakespeare: Henry V.* Oxford: Oxford UP, 2008: 1-70.

셰익스피어 생애 및 작품 연보

셰익스피어의 생애와 작품의 집필연대 중 일부는 비교적 정확히 기록되어 있는 자료에 의존할 수 있지만, 대부분은 막연한 자료와 기록의 부족으로 그 시기를 추정할 수밖에 없으며, 특히 작품 연보의 경우 학자들에 따라 순서나 시기에 차이가 있음을 밝힌다.

1564   잉글랜드 중부 소읍 스트랫포드 어폰 에이번Stratford-upon-Avon 출생(4월 23일). 가죽 가공과 장갑 제조업 등 상공업에 종사하면서 마을 유지가 되어 1568년에는 읍상에 해당하는 직high bailiff을 지낸 경력이 있는 존 셰익스피어와, 인근 마을의 부농 출신으로 어느 정도 재산을 상속받은 메리 아든Mary Arden 사이에서 셋째로 출생. 유복한 가정의 아들로 유년시절을 보냄.

1571   마을의 문법학교Grammar School에 입학했을 것으로 추정.

1578   문법학교를 졸업했을 것으로 추정. 졸업 무렵 부친 존은 세금도 내지 못하고 집을 담보로 40파운드 빚을 냄.

1579   부친 존이 아내가 상속받은 소유지와 집을 팔 정도로 가세가 갑자기 어려워짐.

1582   18세에 부농 집안의 딸로 8년 연상인 26세의 앤 해서웨이 Anne Hathaway와 결혼(11월 27일 결혼 허가 기록).

1583   결혼 후 6개월 만에 맏딸 수잔나Susanna 탄생(5월 26일 세례 기록).

1585	아들 햄넷Hamnet과 딸 쥬디스Judith(이란성 쌍둥이) 탄생(2월 2일 세례 기록).
1585~1592	'행방불명 기간'lost years으로 알려진 8년간의 행방에 관한 자료가 거의 없음. 학교 선생, 변호사, 군인, 혹은 선원이 되었을 것으로 다양하게 추측. 대체로 쌍둥이 출생 이후 어떤 시점(1587년)에 식구들을 두고 런던으로 상경하여 극단에 참여, 지방과 런던에서 배우이자 극작가로서 경험을 쌓았을 것으로 추측.
1590~1594	1기(습작기): 주로 사극과 희극 집필.
1590~1591	초기 희극 『베로나의 두 신사』(*The Two Gentlemen of Verona*) 『말괄량이 길들이기』(*The Taming of the Shrew*)
1591	『헨리 6세 제2부』(*Henry VI, Part II*)(공저 가능성) 『헨리 6세 제3부』(*Henry VI, Part III*)(공저 가능성)
1592	『헨리 6세 제1부』(*Henry VI, Part I*)(토머스 내쉬Thomas Nashe와 공저 추정) 『타이터스 안드로니커스』(*Titus Andronicus*)(조지 필George Peele과 공동 집필/개작 추정)
1592~1593	『리처드 3세』(*Richard III*)
1592~1594	봄까지 흑사병 때문에 런던의 극장들이 폐쇄됨.
1593	「비너스와 아도니스」(*Venus and Adonis*)(시집)
1594	「루크리스의 강간」(*The Rape of Lucrece*)(시집) 두 시집 모두 자신이 직접 인쇄 작업을 담당했던 것으로 추

정되며, 사우샘프턴 백작The third Earl of Southampton에게 헌사하는 형식.

챔벌린 극단Lord Chamberlain's Men의 배우 및 극작가, 주주로서 활동.

1593~1603 및 이후 『소네트』(*Sonnets*)

1594　　　『실수 연발』(*The Comedy of Errors*)

1594~1595　『사랑의 헛수고』(*Love's Labour's Lost*)

1595~1600　2기(성장기): 낭만희극, 희극, 사극, 로마극 등 다양한 장르 집필.

1595~1596　『로미오와 줄리엣』(*Romeo and Juliet*)

　　　　　『리처드 2세』(*Richard II*)

　　　　　『한여름 밤의 꿈』(*A Midsummer Night's Dream*)

　　　　　『존 왕』(*King John*)

1596　　　아들 햄넷 사망(11세, 8월 11일 매장).

　　　　　부친의 가족 문장 사용 신청을 주도하여 허락됨(10월 20일).

1596~1597　『베니스의 상인』(*The Merchant of Venice*)

　　　　　『헨리 4세 제1부』(*Henry IV, Part I*)

　　　　　스트랫포드에 뉴 플레이스 저택Great House of New Place 구입 (마을에서 두 번째로 큰 저택으로 런던 생활 후 은퇴해서 죽을 때까지 그곳에 기거).

1598　　　벤 존슨Ben Jonson의 희곡 무대에 출연.

1598~1599　『헨리 4세 제2부』(*Henry IV, Part II*)

　　　　　『헛소동』(*Much Ado About Nothing*)

『헨리 5세』(*Henry V*)

1599 시어터 극장The Theatre에서 공연하던 셰익스피어의 극단이 땅 주인의 임대계약 연장을 거부하자 '극장'을 분해하여 템즈강 남쪽 뱅크사이드 구역으로 옮겨 글로브 극장The Globe을 짓고 이곳에서 공연. 지분을 투자하여 극장 공동 경영자가 됨.

1599~1600 『줄리어스 시저』(*Julius Caesar*)
『좋으실 대로』(*As You Like It*)

1601~1608 3기(원숙기): 주로 4대 비극작품이 집필, 공연된 인생의 절정기

1600~1601 『햄릿』(*Hamlet*)
『윈저의 즐거운 아낙네들』(*The Merry Wives of Windsor*)
『십이야』(*Twelfth Night*)

1601 「불사조와 거북」(*The Phoenix and the Turtle*)(시집)
아버지 존 사망(9월 8일 장례).

1601~1602 『트로일러스와 크레시다』(*Troilus and Cressida*)

1603 엘리자베스 여왕 사망(3월 24일). 추밀원이 스코틀랜드의 제임스 6세를 잉글랜드의 제임스 1세로 선포.
제임스 1세 런던 도착(5월 7일) 후 셰익스피어 극단 명칭이 챔벌린 경의 극단에서 국왕의 후원을 받는 국왕 극단King's Men으로 격상되는 영예(5월 19일).
제임스 1세 즉위(7월 25일).

1603~1604 『자에는 자로』(*Measure for Measure*)
『오셀로』(*Othello*)

1605 『끝이 좋으면 모두 좋다』(*All's Well That Ends Well*)

『아테네의 타이몬』(*Timon of Athens*)(토머스 미들턴Thomas Middleton과 공동작업)

1605~1606 『리어 왕』(*King Lear*)

1606 『맥베스』(*Macbeth*)

『안토니와 클레오파트라』(*Antony and Cleopatra*)

1607 딸 수잔나, 성공적인 내과의사인 존 홀John Hall과 결혼(6월 5일).

1607~1608 『페리클레스』(*Pericles*)(조지 윌킨스George Wilkins와 공동작업)

『코리올레이너스』(*Coriolanus*)

1608~1613 제4기: 일련의 희비극 집필.

1608 셰익스피어 극장이 실내 극장인 블랙프라이어스Blackfriars 극장을 동료배우들과 함께 합자히여 임대함(8월 9일).

어머니 메리 사망(9월 9일 장례).

1609 셰익스피어 극장이 블랙프라이어스 극장 흡수, 글로브 극장과 함께 두 개의 극장 소유.

1609~1610 『심벌린』(*Cymbeline*)

1610~1611 『겨울 이야기』(*The Winter's Tale*)

『태풍』(*The Tempest*)

1611 고향 스트랫포드로 돌아가 은퇴 추정.

1613 『헨리 8세』(*Henry VIII*)(존 플레처John Fletcher와 공동작업설)

『헨리 8세』 공연 도중 글로브 극장 화재로 전소됨(6월 29일).

1613~1614 『두 귀족 친척』(*The Two Noble Kinsmen*)(존 플레처와 공동작업)

1614~1616 말년: 주로 고향 스트랫포드의 뉴 플레이스 저택에서 행복하

고 평온한 삶 영위.

1616　둘째 딸 쥬디스, 포도주 상인 토마스 퀴니Thomas Quiney와 결혼(2월 10일).

쥬디스의 상속분을 퀴니가 장악하지 않도록 유언장 수정(3월 25일).

스트랫포드에서 사망(4월 23일. 성 삼위일체 교회 내에 안장).

1623　『페리클레스』를 제외한 36편의 극작품들이 글로브 극장 시절 동료 배우 존 헤밍John Heminge과 헨리 콘델Henry Condell이 편집한 전집 초판인 제1이절판으로 출판됨.

아내 앤 해서웨이 사망(8월 6일).

옮긴이 **최경희**
이화여자대학교 영어영문학과 졸업. 동대학원 영어영문학과 석 · 박사
현재 서울과학기술대학교 어학교육원 교수

논문「전쟁드라마『헨리5세』에 나타난 계층갈등과 이데올로기의 균열」「『햄릿』: 왕조교체기 정
　　치극」「무스타파 마튜라의 *Playboy of the West Indies*: 카니발적 모방의 정치성」「*Saint
　　Joan*과 쇼의 역사의식」「탈식민적 자아형성: 셰익스피어의『오델로』텍스트의 전유」「정치
　　연극의 전복성:『헨리 5세』를 중심으로」
저서『아일랜드, 아일랜드』(공저)
역서『셰익스피어 비극』(공역)『푸코와 페미니즘』(공역)

헨리 5세

초판 3쇄 발행일 2020년 8월 19일

옮긴이　최경희
발행인　이성모
발행처　도서출판 동인
주　소　서울시 종로구 혜화로3길 5 118호
등　록　제1-1599호
TEL　　(02) 765-7145 / FAX (02) 765-7165
E-mail　dongin60@chol.com
ISBN　　978-89-5506-590-9
정　가　10,000원

※ 잘못 만들어진 책은 바꿔 드립니다.